अनुक्रमणिका

मुझे लगता है कि मेरी स्मरण-शक्ति अब कुछ क्षीण होने लगी है। संभवतः यह वृद्धावस्था का लक्षण है। मेरे इस विचार पर मेरे कुछ मित्रों को बहुत आपत्ति है। वे नहीं चाहते कि मैं अपने इस वार्धक्य की चर्चा करूँ। उनकी मान्यता है कि मैं अभी पूर्णतः युवा हूँ, तो ऐसे में व्यर्थ ही अपनी वृद्धावस्था की चर्चा कर लोगों को भ्रमित क्यों करता हूँ। एक तो अपने केशों को रंगता नहीं, ऊपर से वह दाढ़ी भी बढ़ा रखी है, जिसमें सफेदी पूरी तरह उभर आई है। कुछ लोग इसे मेरा षड्यंत्र मानते हैं कि मैं अपने केशों को रंग कर काले करने के स्थान पर किसी प्रकार का कोई रंग-उड़ाऊ रासायनिक प्रयोग में लाता हूँ, जिससे मेरी दाढ़ी की सफेदी बढ़े; मेरी अवस्था कुछ अधिक दिखाई पड़े; मुझे वयोवृद्ध मान लिया जाए; और साहित्य के उन सम्मानों में से कुछ मुझे मिल जाएँ, जो मृत्यु के निकट पहुँच जाने पर, अथवा मृत्यूपरांत दिए जाते हैं।

मैं सोचता हूँ कि आखिर मेरे उन मित्रों को मेरी युवावस्था से इतना प्रेम क्यों है? क्यों वे मेरे वार्धक्य की चर्चा सहन नहीं कर सकते; और इस प्रकार भड़क जाते हैं ? मैं तो काल-चक्र से इतना भयभीत नहीं हूँ; अपनी युवावस्था को बचाए रखने के लिए न सक्रिय हूँ, न चिंतित ! तो वे ही क्यों इतने विचलित हैं ? क्या वे मेरी युवावस्था से मुझसे भी अधिक प्रेम करते हैं ? पर मेरी बुद्धि कहती है कि उन्हें चिंता

मेरी युवावस्था की नहीं, अपने प्रचारित मिथ्या यौवन की है। मैं अवस्था में उनसे छोटा होकर, यदि वृद्ध हो गया, तो वे अपनी युवावस्था को कैसे प्रचारित करते जा सकते हैं। पता नहीं मनुष्य सत्य को स्वीकार करना क्यों नहीं चाहता ? क्यों वह भ्रम में जीना चाहता है ? कैसा बाँध रखा है ईश्वर की माया ने उसे।...

पर सत्य यही है कि अवस्था बढ़ने के साथ-साथ मेरी स्मरण-शक्ति क्षीण होती जा रही है। संख्याएँ तो मुझे आरंभ से ही कभी स्मरण नहीं रहती थीं; और मैं मान लेता था कि यह मेरी स्मरण-शक्ति का एक दुर्बल पक्ष है। जो स्मरण ही नहीं होता, उसके विस्मृत होने का क्या भय ? किन्तु अब तो वे नाम भी विस्मृत होने लगे हैं, जिन्हें वर्षों से पढ़ता-पढ़ाता आ रहा हूँ। अब यदि कक्षा में पढ़ाते-पढ़ाते लेखकों और उनकी कृतियों के नाम भूलने लगूँ, तो इसे क्या माना जाएगा ? अपने छात्रों से कहना पड़ता है, भैया ! यह नाम, अभी पिछले व्याख्यान तक तो मुझे याद था। इस समय भूल रहा हूँ। थोड़ी देर में याद आ जाएगा, तो तुम्हें बता दूँगा।...वैसे यही स्थिति हमारे देश की भी होती जा रही है। ठीक समय पर वह भूल जाता है कि हम क्या हैं और हमारे आदर्श क्या हैं। थोड़ी देर में ही सही। उसे भी स्मरण हो आएगा, तो अपनी वास्तविकता को पहचानने में उसे कठिनाई नहीं होगी।

इतना ही नहीं ! किसी उत्सव अथवा समारोह में किसी मित्र का किसी नए व्यक्ति से परिचय कराने लगता हूँ, तो पाता हूँ कि उनका नाम तो स्मरण ही नहीं आ रहा। अब ? कोई पुराना परिचित मिल जाता है और उसे यह कहकर कष्ट नहीं पहुँचाना चाहता कि मुझे उसका नाम तक याद नहीं है, तो कहता हूँ, "अपना नया पता, एक कागज़ पर लिख दो।" लोग भी कैसे-कैसे आज्ञाकारी होते हैं कि मात्र पता लिखकर थमा देते हैं; अपना नाम नहीं लिखते। तब कहना पड़ता है, "भई ! अपना नाम भी तो लिखो, नहीं तो यह ही समझ नहीं पाऊँगा कि यह पता किसका है।" और जब वह व्यक्ति अपना नाम भी लिख देता है, तो मेरा मस्तिक मेरे साथ दूसरा छल करता है कि वह नाम मुझे स्वतः भी याद आ जाता है। जाने यह मन भी कैसा छलावा है। अपना मन अपने ही साथ माया रचता है। पर उसे क्या कहें; ईश्वर भी तो अपनी ही सृष्टि के साथ माया रचता रहता है।

एक गोष्ठी में डॉ० हस्ती मिल गए। बताया गया कि वे माने हुए नियोरॉलोजिस्ट हैं; अर्थात् स्नायु-तंतु के रोगों के विशेषज्ञ। उनका परिचय पाते ही मेरा पुराना रोग जाग उठा। यह शायद रोग नहीं, मेरी प्रकृति ही है कि किसी ज्योतिषी को देखते ही अपनी हथेली उसके सम्मुख पसार कर अपना भविष्य जानना चाहता हूँ और किसी चिकित्सक से साक्षात्कार होते ही, उसके सम्मुख अपने रोगों का ब्यौरा प्रस्तुत कर, उससे निदान और उपचार जानने के लिए प्रयत्नशील हो जाता हूँ।...डॉ० हस्ती ने हँसकर, मेरे रोग को उड़ा दिया। बोले, "पहले आपको सौ-पचास नाम स्मरण रखने

होते थे, अब आप हज़ारों नाम याद रखना चाहते हैं। मस्तिष्क पर बोझ बढ़ता है, तो वह अपना कुछ बोझ झटक देता है। ए सॉर्ट ऑफ लोड-शेडिंग। पर रोग नहीं है। व्यस्तता बढ़ने पर, मस्तिष्क की यह स्वाभाविक प्रतिक्रिया है।''

और मैं सोचता रह गया कि मेरे ही मस्तिष्क की ऐसी प्रतिक्रिया क्यों है; नरेन्द्रनाथ दत्त के मस्तिष्क की ऐसी प्रतिक्रिया क्यों नहीं थी ?....बहुत प्रयत्न करता हूँ कि उन्हें स्वामी विवेकानन्द ही कहूँ; किन्तु अपने नाम के प्रति इतना मोह है कि उन्हें भी उनके संन्यासपूर्ण नाम से ही स्मरण करना चाहता हूँ। वे भी नरेन्द्र थे; मैं भी नरेन्द्र हूँ। उनका कोई गुण मुझमें नहीं तो क्या, नाम का साम्य तो है। बादरायण संबंध ही सही।...तो उनका मस्तिष्क तो कोई लोड-शेडिंग नहीं करता था। वे तो जितना पढ़ते गए, उनकी धारणा-शक्ति भी उतनी ही बढ़ती ही गई। कितनी ही अद्‌भुत घटनाएँ याद हो आती हैं...

अपनी घुमक्कड़ी के आरंभिक दिनों में स्वामी विवेकानन्द मेरठ में थे। संयोग से उनके अनेक गुरु भाई भी वहाँ आ गए थे। वे लोग अपना समय ध्यान, प्रार्थना, भजन-कीर्तन और शास्त्रों के अध्ययन में व्यतीत कर रहे थे। स्वामीजी की इच्छानुसार अखंडानन्द उनके पढ़ने के लिए एक स्थानीय पुस्तकालय से पुस्तकें लाया करते थे। एक दिन स्वामीजी ने उनसे सर जॉन लबक की रचनावली लाने के लिए कहा। अखंडानन्द प्रतिदिन रचनावली का एक खंड लाने लगे। स्वामी एक दिन में उसे पूरा पढ़ लेते थे और अगले दिन लौटा देते थे। पुस्तकालयाध्यक्ष को इसमें आपत्ति थी। उसका विचार था कि कोई व्यक्ति एक दिन में रचनावली का एक खंड पूरा नहीं पढ़ सकता। अतः पुस्तकें बिना पढ़े लौटाई जा रही हैं। तो इस खेल का लाभ ?

अखंडानन्द के माध्यम से यह आपत्ति सुनकर स्वामी स्वयं पुस्तकालयाध्यक्ष के पास गए और बोले, ''महाशय ! ये सारे खंड मैंने पढ़ लिए हैं। आपको इसमें यदि कोई संदेह है, तो आप इनके विषय में मुझसे कोई भी प्रश्न पूछ सकते हैं।'' पुस्तकालयाध्यक्ष ने उनकी परीक्षा लेकर स्वयं को संतुष्ट किया। यह घटना स्वामीजी की पढ़ने की अद्‌भुत तीव्र गति के संदर्भ में उद्धृत की जाती है; किन्तु बिना स्मरण तथा धारणा-शक्ति के इस प्रकार पढ़कर परीक्षा देना बहुत कठिन है।

अपने जीवन के अंतिम दिनों में उन्होंने सद्यः प्रकाशित इंसाइक्लापेडिया ब्रिटैनिका पढ़ना आरंभ किया था। उनके शिष्य शरत्‌चंद्र चटर्जी ने उन पुस्तकों के अध्ययन, स्मरण तथा धारण करने के संबंध में अपना संशय प्रकट किया तो स्वामीजी ने कहा, कि वे उसके दस खंड पढ़ चुके हैं। वह चाहे तो उनमें से कहीं से भी कुछ पूछ कर उनकी परीक्षा ले सकता है। शरत्‌चंद्र ने सचमुच उनकी परीक्षा ली और पाया कि स्वामीजी ने न केवल वह सारा कुछ पढ़ रखा है, वरन् वह सब उनको हृदयस्थ है। उन्होंने अनेक शास्त्रीय विषयों पर न केवल अपनी जानकारी प्रदर्शित

की, वरन् पुस्तक की ही भाषा उद्धृत भी की। वह सब उन्हें कंठस्थ भी था।

अब यह भी मेरा ही रोग है कि अपनी तुलना संसार के बड़े-से-बड़े व्यक्ति से करने लगता हूँ। मेरा नाम नरेन्द्र है तो क्या मैं भी स्वामी विवेकानन्द हो जाऊँगा ? जब मैं स्वयं को इस प्रकार फटकारता हूँ, तो पाता हूँ कि मेरा मन कुछ संकुचित-सा होकर, अपनी सफाई में बहुत कुछ कहने लगता है। स्वामीजी से अपनी तुलना मैं समानता के आधार पर नहीं करता; उन्हें अपना आदर्श मानकर करता हूँ। सोचता हूँ कि उन्होंने स्वयं कहा है कि प्रत्येक व्यक्ति विकास के मार्ग पर चल ही रहा है, कोई आगे, कोई पीछे। अंततः तो सबको ही अपने गंतव्य पर पहुँचना है। कोई आज पहुँच गया है, कोई कल पहुँचेगा।...कितना बड़ा आश्वासन है। किसी को हीन, अज्ञानी और पिछड़ा हुआ नहीं बताते ! सब समान रूप से यात्री हैं, कोई आगे, कोई पीछे...।

पर मेरा मन है कि तुलना किए बिना मानता ही नहीं। कहीं कोई साम्य दिखाई देता है, तो मेरा मन उसे खींचने लगता है, रेखांकित करने लगता है। अब पवनपुत्र हनुमान और स्वामी विवेकानन्द में क्या समानता हो सकती है। हनुमान किस युग में हुए, किस प्रदेश में; और स्वामीजी उन्नीसवीं शताब्दी के कलकत्ता में। वे वानर रूप में आए, ये अत्यधिक सुदर्शन पुरुष थे।... फिर भी मेरा मन धृष्ट होकर कुछ समानताएँ खोज ही लेता है। एक वह युग था, जब हनुमान ने सागर पार किया था; और जाकर सोने की लंका जला आए थे।...और फिर उन्नीसवीं शताब्दी में स्वामीजी सागर पार करके गए और संसार के सबसे धनाढ्य देश को हिला आए। आखिर तो वह भी सोने की ही लंका थी। अपार धन था, भोगवादी वृत्ति थी, शक्ति और बल का अहंकार था।...हाँ! आग लगाकर उनके भवन तो नहीं जलाए, किन्तु उनके हृदयों

में ज्वाला तो धधका ही आए–कहीं ज्ञान की, कहीं भक्ति की, कहीं जिज्ञासा की, कहीं ईर्ष्या की। हमारे कवियों ने लंका को भौतिक रूप में जलते हुए चित्रित किया है; किन्तु उसे भूल भी जाएँ, तो मानना पड़ेगा कि हनुमान ने लंका के राक्षसत्व को तो जला ही दिया था। लंकावासियों को भक्ति भी दी थी, ज्ञान भी दिया था। चेतना की तो कमी ही नहीं थी। हनुमान ने भी विजय का शंख फूँका था, स्वामीजी भी वही कर आए। आश्चर्य तो यह है कि जिस युग में सागर पार जाने की बात तक से, प्रायश्चित्त का विधान होने लगता था, उस युग में स्वामीजी सागर पर करके गए, विदेशियों के मध्य रहे; न खान-पान में मतभेद बरता, न स्नेह-सौहार्द में कमी की।... किन्तु किसी कर्म-कांडी पंडित ने उनसे प्रायश्चित्त करने के लिए नहीं कहा, जैसे किष्किंधा का मधुवन उजाड़ने पर सुग्रीव ने अंगद तथा हनुमान से कुछ नहीं कहा था।

भगवान् राम को जब कोई कठिन कार्य दिखाई देता था, उनकी दृष्टि हनुमान पर आ ठहरती थी, "पवनपुत्र ! जाओ और यह कार्य करो।" चाहे संजीवनी लानी हो, चाहे देवीदह से नीलकमल! चाहे युद्ध में मोर्चा लेना हो, चाहे अयोध्या में अग्रिम सूचना भेजनी हो। हनुमान प्रत्येक कार्य के लिए सन्नद्ध थे।...और श्री रामकृष्ण परमहंस ने तो एक बार ही, सब कुछ स्वामीजी के कंधों पर पर डाल दिया, "यह माँ का कार्य है। यह तू करेगा।" लगता है, स्वामीजी परमहंस की सक्रियता थे। जो संबंध श्रीराम से हनुमान का था, कुछ वैसा ही स्वामीजी का परमहंस से था। हनुमान और स्वामीजी–दोनों ने ही सेवा-धर्म को अपना लिया था, उन्हें न अपना यश चाहिए था, न अपना सुख। बस, जिसे अपना स्वामी मान लिया, उसके आदेशों का पालन ही जीवन का परम लक्ष्य था।

दोनों का ब्रह्मचर्य भी मुझे एक-सा ही लगता है। भारतीय हिन्दू-परंपरा में हनुमान के आसपास कोई नारी चरित्र नहीं है; किन्तु कुछ गौण कथाओं में प्रकरांतर से कुछ शृंगारिक प्रसंग लाने का प्रयत्न लोगों ने किया है। यह कुछ वैसा ही है, जैसा अमरीका में स्वामीजी के भारतीय तथा विदेशी, स्वधर्मी तथा विधर्मी विरोधियों ने उनके आस-पास अमरीकी युवतियों का जमघट देखकर, उन्हें लांछित करने का प्रयत्न किया था। युवतियाँ तो उनके चारों ओर थीं ही। उनका लौकिक और आध्यात्मिक आकर्षण ही ऐसा था। शिकागो की धर्म-संसद में, स्वामीजी के पहले संक्षिप्त संबोधन के विषय में साक्ष्य है, "मैंने बीसियों युवतियों को, उनका नैकट्य पाने के लिए, बैंचों के ऊपर से चलते हुए देखा और स्वयं से कहा, 'यदि तुम कामदेव के इस अभियान का निराकरण कर सकते हो, तो मेरे बच्चे ! तुम वस्तुतः देवता हो।'"[1]

अमरीकी नारियों के इस प्रकार के आक्रमणों से स्वयं श्रीमती लियोन भी डर गई थीं, जिन्हें स्वामीजी अपनी अमरीकी माता कहा करते थे। उनकी आशंकाओं को

समाप्त करने के लिए ही स्वामीजी ने कहा था, ''प्रिय श्रीमती लियोन ! मेरी अमरीकी माता ! मेरी चिन्ता मत करो। यह सत्य है कि किसी दयालु किसान द्वारा दिया हुआ भात का कटोरा खाकर प्रायः मैं किसी वट-वृक्ष के नीचे सोया करता हूँ; किन्तु यह भी उतना ही सत्य है कि कभी-कभी मैं महाराजाओं के प्रासादों में भी

अतिथि के रूप में रहा हूँ और दासी मुझे सारी रात मोर-पंख से व्यंजन कराती रही है। ऐसे लोभ-आमंत्रणों का मैं अभ्यस्त हूँ। इनको लेकर मेरी चिंता मत करो।"[2]

स्वामीजी के जीवनीकार कहते हैं कि एक असाधारण धनाढ्य युवती ने स्वामीजी से कहा था, "स्वामीजी ! मैं स्वयं अपने आपको तथा अपने संपूर्ण धन को आपके चरणों में समर्पित करती हूँ।" स्वामीजी ने उत्तर दिया था, "देवि ! मैं एक संन्यासी हूँ। मेरे लिए विवाह का कोई अर्थ नहीं है। मेरे लिए प्रत्येक नारी, मेरी माता के समान है।"[3]

इस ब्रह्मचर्य की तुलना मैं हनुमानजी के ब्रह्मचर्य से ही कर सकता हूँ। इसलिए बार-बार मेरे मन में यह बात आती है कि कहीं हनुमानजी ही तो स्वामी विवेकानन्द के रूप में अवतरित नहीं हुए थे। परमहंस देव ने अनेक बार अपने शिष्यों से कहा था कि जो राम था, जो कृष्ण था, वही इस शरीर के भीतर है। वेदांत के अर्थ में नहीं, वास्तविक अर्थ में।...और उन्होंने यह संकेत भी किया था कि शरीर धारण करने से पूर्व, वे एक ऋषि को अपने पीछे-पीछे मर्त्यलोक में आने के लिए कह आए थे। वे ऋषि ही स्वामी विवेकानन्द के रूप में पृथ्वी पर आए थे।...तो राम के साथ तो सेवा के लिए हनुमान ही आ सकते हैं।...

पवनपुत्र हनुमान तथा स्वामी विवेकानन्द के जीवन में महादेव शिव के महत्त्व को देखते हुए भी, मेरे मन में साम्य संबंधी अनेक संभावनाएँ जागती हैं। हनुमान को रुद्र का अवतार भी माना जाता है।[4] गोस्वामी तुलसीदास ने उन्हें 'वानराकार विग्रह पुरारी' भी कहा है। हनुमान चालीसा में उन्हें 'संकर सुवन, केसरी नन्दन' कहा गया है। स्वामी विवेकानन्द के जीवन में भी महादेव शिव का इतना महत्त्व है कि वे उन्हीं के अंश से उत्पन्न हुए लगते हैं। उनकी माता ने वीरेश्वर शिव की उपासना करके ही उन्हें पाया था और इसीलिए अपने आराध्यदेव के नाम पर ही शैशव में उनका नाम 'वीरेश्वर' रखा गया था, जो क्रमशः परिवर्तित होता हुआ वीरेश्वर से बीलेश्वर हुआ और अंततः बीले मात्र रह गया। घर में पुकारे जाने का, उनका यही नाम था। शैशवावस्था में, जब उनकी असाधारण ऊर्जा प्रकट हो रही थी और वे किसी के सँभाले नहीं सँभल रहे थे तो माँ ने उन्हें शांत करने के लिए सिर पर जल डालते हुए, 'शिव', 'शिव' का ही उच्चारण किया था और वे शांत हो भी गए थे। उनके उत्पातों से परेशान होकर माता भुवनेश्वरी ने महादेव शिव से शिकायत भी कुछ ऐसी ही की थी, 'भगवन् ! आपसे एक पुत्र माँगा था। आपने यह, अपना कौन-सा भूत भेज दिया।' स्वामीजी ने अपने शैशव में पहले सीता-राम की ही उपासना की थी और फिर वे क्रमशः संन्यास तथा वैराग्य के आकर्षण में महादेव के निकट होते गए थे। उन्हें अपने वार्तालाप के मध्य 'शिव-शिव' कहने का अभ्यास था और अमरनाथ में उन्होंने जो दिव्यानुभूति प्राप्त की थी, वह भी महादेव का ही प्रसाद था।

इसी प्रकार की अनेक छोटी-मोटी बातें मुझे हनुमान और स्वामी विवेकानन्द में कुछ साम्य दरशाती रहती हैं और मैं मान लेता हूँ कि शायद इसी क्रम में मैंने 'अभ्युदय' के रूप में राम-कथा लिखने के पश्चात् 'तोड़ो कारा तोड़ो' के रूप में स्वामीजी जीवनी लिखनी आरंभ की है। राम के पश्चात् हनुमान को आना ही चाहिए।...मेरा मन बार-बार सोचता है कि इतने भिन्न काल-खंडों में उत्पन्न, ऊपर से इतने भिन्न दिखने वाले, ये दोनों महापुरुष एक ही हैं, जैसे अनेक संप्रदायों और जातियों में बँटा हुआ दिखने वाला यह हिन्दू समाज, मूल रूप से एक ही है।

चलिए, छोड़िए इन बातों को। यह सब तो मेरे मन का ऊहापोह है। न यह कोई विद्वतापूर्ण शोध है, न कोई विशेष तर्क और न शास्त्र का प्रमाण। अभी कोई पंडित मेरी इन पंक्तियों को पढ़ ले तो अपने ज्ञान से मेरे इन आभासों-अनुमानों की धज्जियाँ उड़ा दे। मैंने न कभी साधना की है, न भक्ति का ही वरदान पाया है, न ढंग से शास्त्रों का ही अध्ययन किया है। संस्कृत भाषा तक का तो ज्ञान नहीं है मुझे। बस ! भगवान ने कथाओं के प्रति मोह भर दिया है मन में। थोड़ी कल्पना का भी दान दिया है। अपनी कल्पना के घोड़े दौड़ाता हूँ और अपने मोह के कारण अपने तर्क भिड़ाता रहता हूँ। जो चरित्र मुझे अच्छा लगता है, उस पर रीझता जाता हूँ। जो कुछ स्वयं नहीं कर पाता, उन चरित्रों को करते देख, प्रसन्न होता रहता हूँ और मान लेता हूँ कि मैंने ही सब कर लिया है। कर्म का सुख पाऊँ, न पाऊँ; तादात्म्य का सुख अवश्य पाता हूँ।

कदाचित् इसी तादात्म्य का परिणाम है कि विराटता अच्छी लगती है मुझे। सर्वव्यापक आकाश और सारे बंधनों को तोड़ सबको एक कर देने वाला महासागर बहुत प्रिय है मुझे। छोटे-छोटे खंडों में बँटी भूमि कष्ट देती है और बँटा हुआ आकाश तो असह्य है। सामंजस्य मन को उल्लास देता है और संकीर्णताओं में बाँधने वाले बंधनों से मन विद्रोह करता है और उन्हें तोड़ना, मानव का धर्म लगता है। अपने शैशव से ही, बड़े आगारों में दीवारें खड़ी कर, उन्हें छोटी-छोटी कोठरियों में बदलने, उन्हें संकीर्ण करने के प्रयत्नों के विरुद्ध बड़ा रोष रहा है मुझमें। विभाजन तनिक भी अच्छा नहीं लगता। नेताओं ने देश का विभाजन किया, तो करोड़ों लोगों ने कष्ट पाया। हमारा परिवार भी सब कुछ छोड़छाड़ कर स्यालकोट से जमशेदपुर चला आया था। बहुत कुछ नहीं था मेरे माता-पिता के पास। निर्धन ही थे। फिर भी पिता की ओर से पैतृक मकान था, माँ की ओर से कुछ कृषि-भूमि थी। घर का सामान था। छोटा-मोटा व्यवसाय था। अपना समाज था, अपना आधार था, कुछ मान-सम्मान था... सब कुछ छोड़ा। इसीलिए विभाजन अच्छा नहीं लगता मुझे। अधिकांश राजनेता और राजनीतिक दल आज भी यही कर रहे हैं; पर मैं किसी भी प्रकार उससे समझौता नहीं कर पाता। किसी देश-प्रदेश को, किसी तीर्थ-धाम को, किसी भाषा और बोली को

मात्र अपना कहकर, शेष लोगों को उससे खारिज कर देना—कैसे सहन कर सकता हूँ मैं ! कबीर कहते हैं न :

"मोर-तोर की जेबरी बटि बाँधा संसार।
दास कबीरा क्यों बँधे, जाको राम अधार।"

लोग पूछते हैं, "कहाँ के रहने वाले हैं आप ?" सीधा और स्पष्ट उत्तर नहीं है मेरे पास। बताता हूँ, "विभाजन से पहले हम स्यालकोट में थे। विभाजन के पश्चात् जमशेदपुर चले आए। अब हम दो भाई दिल्ली में हैं, एक ग्वालियर में, एक जमशेदपुर में और एक काठमांडू में। कहाँ के रहने वाले हैं हम ? क्या आप हमें केवल भारतीय नहीं मान सकते ?...घर में अपने माता-पिता और भाई-बहनों से हम पंजाबी बोला करते थे। विभाजन-पूर्व पंजाब में हमें उर्दू पढ़ाई जाती थी। अतः पिछली पीढ़ी में पत्र-व्यवहार भी प्रायः उर्दू में ही होता था। सामान्यतः पढ़ने-लिखने का सारा काम ही उर्दू में होता था। आर्थिक दबावों में अंग्रेजी भी पढ़ी गई। पर अपनी भाषा, अपनी मातृ भाषा, अपनी सांस्कृतिक भाषा, अपनी राष्ट्र भाषा के रूप में स्वेच्छा से तो हमने हिन्दी ही पढ़ी और सीखी है, बोली और लिखी है। अब अगली पीढ़ी की तो, हर प्रकार से मातृ-भाषा हिन्दी ही है। तो फिर कौन-सी भाषा है हमारी ?"...मैं सीमित नहीं होना चाहता। संकीर्ण और संकुचित नहीं होना चाहता। बौना होने पर भी विराट् होना चाहता हूँ; विराट होते हुए बौना होना नहीं चाहता। स्वामीजी ने कहा है न, "हिन्दुओं की यह धारणा है कि आत्मा एक ऐसा वृत्त है, जिसकी परिधि कहीं नहीं है।" मुझे अपने एक पूर्व-प्राचार्य स्वर्गीय खत्री साहब याद आते हैं। संदर्भ शायद मंदिर के लिए चंदे का था। उन्होंने मुझसे पूछा था, "तुम हिन्दू हो न ?" "जी हाँ !" मेरा अत्यन्त स्पष्ट और दृढ़ उत्तर था। "सनातनधर्मी हो या आर्यसमाजी ?' उनका दूसरा प्रश्न था; और मेरा उत्तर था, "हिन्दू हूँ, इतना तो पक्का है। उसके आगे मैं कोई विभाजन नहीं मानता।"

नेताजी सुभाषचंद्र बसु बहुत प्रिय रहे हैं मुझे। स्कूली दिनों में जब बंगाली लड़के नेताजी को केवल 'बंगाली' बनाए रखने का प्रयत्न करते थे, तो मैं उनसे लड़ पड़ता था, "इतने बड़े आदमी को बौना क्यों कर देना चाहते हो। वे बंगाली थे, भारतीय नहीं थे ? कभी कहा था, उन्होंने, 'चलो, कलकत्ता चलो।' सदा तो यही कहा, 'चलो ! दिल्ली चलो।' 'आज़ाद हिंद फौज' क्यों बनाई ? क्यों नहीं 'बंगाल मुक्ति सेना' बनाई ? 'बंगाल से बाहर क्यों हिन्दी बोलते थे नेताजी ? भारतीय होने से वे बंगाली नहीं रहेंगे, ऐसा तो नहीं है। गांधी हों, राजा राममोहन राय हों, दयानन्द सरस्वती हों, विवेकानन्द हों—सबने हिन्दी को अपनाया; क्योंकि वे देश को एक और अखंड देखना चाहते थे। अनेकता में एकता, बहुत बड़ा सत्य है हमारा; किन्तु उनका बल 'एकता' पर था, 'अनेकता' को रेखांकित नहीं करते थे वे, जो हमारे आज के बौने राजनीतिक

नेता, अपने मूर्ख और अहितकर स्वार्थों को सिद्ध करने के लिए कर रहे हैं।

स्वामी विवेकानन्द जब स्कूल में पढ़ रहे थे, तो उन्होंने अंग्रेज़ी पढ़ने का बहुत विरोध किया था। "मैट्रोपोलिटन इंस्टिट्यूशन में प्रवेश के तत्काल पश्चात् नरेन को बताया गया कि उसे अंग्रेज़ी भाषा सीखनी पड़ेगी। किन्तु उसकी ऐसी इच्छा नहीं थी। उसने कहा कि यह एक विदेशी भाषा है, वह उसे क्यों सीखे ? पहले व्यक्ति अपनी ही भाषा पर क्यों पूर्ण अधिकार प्राप्त न करे ? उसने स्पष्ट रूप से मना कर दिया और रोता हुआ अपने माता-पिता के पास घर आया। उन्होंने भी कहा कि यह आवश्यक था, किन्तु उसने पुनः अस्वीकार कर दिया। उसके एक वृद्ध संबंधी नृसिंह दत्त, जिन्हें नरेन्द्र बहुत प्रेम करता था—ने उसकी हठ के विषय में सुना। वे उसे अपने साथ ले गए और शांति से उसे समझाया, किन्तु कोई लाभ नहीं हुआ। कई महीनों के पश्चात् नरेन्द्र ने उनकी सलाह मानी और अंग्रेज़ी पढ़नी आरंभ की।"[5] इसी तथ्य को शैलेन्द्र नाथ धर ने अपनी पुस्तक में अन्य शब्दों में कहा है, "स्वामीजी ने अपने बाद के जीवन में स्वीकार किया कि आरंभ में उनकी माता ने ही अंग्रेज़ी के कुछ शब्द सिखाए थे और उन्हीं के निर्देश में उन्होंने वर्णमाला सीखी थी। किन्तु उसके पश्चात् शीघ्र ही उन्हें इससे वितृष्णा हो गई और उन्होंने अंग्रेज़ी पढ़ने से इंकार कर दिया। बड़ी कठिनाई से उन्हें इससे विरत किया गया। कहा जाता है कि जब सबके तर्क निष्फल हो गए तो रामचंद्र दत्त के पिता ने प्यार से उन्हें समझाया। कुछ लोगों के अनुसार बालक (विवेकानन्द) की आपत्ति यह थी कि अंग्रेज़ी एक विदेशी भाषा है। चिंतनशील नरेन्द्र की (अंग्रेज़ी के प्रति) यह अरुचि उनके राष्ट्रीय चिंतन का ही एक लक्षण है।"[6]

उस समय स्वामीजी बंगला और संस्कृत भाषाएँ पढ़ रहे थे। आज संसार भर जानता है कि उनका अंग्रेज़ी भाषा का ज्ञान, पढ़े-लिखे अंग्रेज़ों से भी कहीं श्रेष्ठतर था प्रकांड पंडित थे वे अंग्रेज़ी के। किन्तु उनकी भाषा-नीति क्या थी ? बंगाल के भीतर, बंगाली श्रोताओं के सम्मुख, वे बंगला बोलते थे। बंगाल से बाहर निकलते ही उनकी भाषा हिन्दी हो जाती थी। जहाँ कहीं हिन्दी नहीं समझी जाती थी, वहाँ संस्कृत बोलते थे और बंगला, हिन्दी तथा संस्कृत न समझने वाले श्रोताओं के सम्मुख ही अंग्रेज़ी बोलते थे वे। सन् 1901 ई० में कलकत्ता में हुए भारतीय राष्ट्रीय कांग्रेस के अधिवेशन के अवसर पर, उनसे मिलने जो नेता गए, उनसे स्वामीजी ने हिन्दी में वार्तालाप किया था, अंग्रेज़ी में नहीं।[7] उनके मन में न अंग्रेज़ों के प्रति विरोध था, न अंग्रेज़ी भाषा के प्रति; किन्तु यह सार्वभौमिक प्रेम राष्ट्रीयता के मूल्य पर नहीं था। वे जानते थे कि प्रादेशिक, राष्ट्रीय तथा अन्तर्राष्ट्रीय संदर्भों में वरीयता-क्रम क्या होना चाहिए।

कन्याकुमारी में अपनी तीन दिनों की समाधि में जो दिव्यानुभूति उन्हें प्राप्त हुई,

उसमें उन्होंने अपना कर्तव्य देखा और भविष्य निर्धारित किया। कहते हैं कि वहीं उन्होंने ईश्वर को भी पहचाना और मानव को भी। वहीं उन्होंने अपने देश को भी पहचाना और अपने धर्म को भी। उन्होंने संकीर्णताओं और सीमाओं को तोड़ दिया और मानव धर्म को विश्व धर्म के रूप में देखा। यहीं उनकी राष्ट्रीयता में अध्यात्म आ मिला; और अध्यात्म में राष्ट्रीयता। उनकी राष्ट्रीयता और अध्यात्म में कोई भेद ही नहीं रह गया।

कभी-कभी सोचता हूँ कि उस समय देश पराधीन था। भारत की भूमि और जन पर ही नहीं, धर्म, संस्कृति और भाषा–सब पर क्रूर विदेशी आक्रमण हो रहे थे; तो स्वामी विवेकानन्द जैसा व्यक्ति, राजनीति से अछूता कैसे रह गया ? क्यों नहीं कूदे वे राजनीति में ? इस प्रश्न का उत्तर तो वे ही दे सकते हैं; किन्तु मेरा ध्यान उनके गुरु श्री रामकृष्ण परमहंस के आचरण की ओर जाता है। परमहंस अपने शिष्य गिरीशचंद्र घोष के घर पधारे थे। कमरे में प्रवेश करने से पूर्व उन्होंने देखा, मेज पर एक समाचारपत्र रखा हुआ था। द्वार पर ही रुक गए और बोले, 'इसे हटा दो।' कहते हैं, वे उस कमरे में नहीं बैठते थे, जिसमें कोई समाचारपत्र रखा हुआ हो। समाचार पत्र अधम सांसारिकता का निकृष्ट रूप है। वे अध्यात्म-चर्चा करने आए थे, तो सांसारिकता को तो वहाँ से हटना ही था।

राजनीति कदाचित् सांसा रिकता का दूसरा नाम है। राजनीति तो पवित्र तब ही हो सकती है, जब वह राज-धर्म में परिणत हो जाए। धर्म जोड़ता है, राजनीति विभाजित करती है। धर्म सेवा करता है, राजनीति शासन करती है। इसीलिए स्वामीजी ने धर्म को चुना, अध्यात्म को

चुना, राजनीति को नहीं। सेवा को चुना, शासन को नहीं। वे सामंजस्य खोज रहे थे, एकत्व स्थापित कर रहे थे। लोगों को विभाजित कर, उन्हें परस्पर एक-दूसरे के विरुद्ध खड़ा कर, अपना मूर्ख और अहितकर स्वार्थ सिद्ध करना किसी महान् पुरुष का लक्ष्य नहीं होता। यह तो बौने, स्वार्थी, निकृष्ट राजनीति करने वाले तथाकथित नेताओं का ही आदर्श है।

स्वामीजी इसी सामंजस्य की खोज में शास्त्रों की तह तक गए। सारे भारत की परिक्रमा की और उन्होंने खोजा कि ऊपर से खंड-खंड दिखने वाले, भेदों और मतभेदों में उलझे हुए, विभिन्न रूपाकारों में प्रकट होने वाले हिन्दू धर्म की वास्तविकता क्या है। उसका मूल स्वरूप क्या है। तभी तो वे शिकागो की विश्व धर्म संसद में कह सके :

> "मैं एक ऐसे धर्म का अनुयायी होने में गर्व का अनुभव करता हूँ, जिसने संसार को सहिष्णुता तथा सार्वभौम स्वीकृति, दोनों की ही शिक्षा दी है। हम लोग सब धर्मों के प्रति केवल सहिष्णुता में ही विश्वास नहीं करते, वरन् समस्त धर्मों को सच्चा मानकर स्वीकर करते हैं। मुझे एक ऐसे देश का व्यक्ति होने का अभिमान है, जिसने पृथ्वी के समस्त धर्मों और देशों के उत्पीड़ितों और शरणार्थियों को आश्रय दिया है।"

कहने को, कोई भी व्यक्ति और कोई भी धर्म, यह बात कह सकता है। अपने विषय में और अपने धर्म के विषय में ऐसा दावा करना किसे बुरा लगेगा। आज, हर गली में मोड़ पर खड़ा, बड़ा और छोटा नेता यही कर रहा है। फैशन है, इस प्रकार की बातें कहना—बिना सोचे-समझे, बिना जाने-बूझे, बिना विश्वास और निष्ठा के।... किन्तु जब स्वामीजी इन शब्दों का उच्चार कर रहे थे, तो वे सोच-समझकर, चिंतन-मनन कर, पूर्ण निष्ठा से कर रहे थे। अन्य धर्मों से अपने धर्म की श्रेष्ठता का दावा करने के लिए नहीं, वरन् अपने धर्म के एक अनिवार्य लक्षण के रूप में। हिन्दू धर्म के विभिन्न मत-मतांतरों के सामान्य आधार के रूप में। इस दावे के प्रमाण-स्वरूप उन्होंने 'शिवमहिम्नस्तोत्रम' से ये पंक्तियाँ उद्धृत कीं :

> "जैसे विभिन्न नदियाँ भिन्न-भिन्न स्रोतों से निकलकर समुद्र में मिल जाती हैं, उसी प्रकार हे प्रभु ! भिन्न-भिन्न रुचि के अनुसार, विभिन्न टेढ़े-मेढ़े अथवा सीधे रास्ते से जाने वाले लोग, अंत में तुझमें ही आकर मिल जाते हैं।"

इसे मात्र एक स्फुट और अपवाद उक्ति न मान लिया जाए, इसे मात्र एक भक्त के अपने भगवान के प्रति भक्ति का उद्‌गार न मान लिया जाए, इसलिए स्वामीजी ने

भगवान की ओर से दिए गए आश्वासन को भी प्रस्तुत किया। उन्होंने भगवान कृष्ण द्वारा अर्जुन को दिए गए वचन को गाकर सुनाया :

"जो कोई मेरी ओर आता है—चाहे किसी प्रकार से हो—मैं उसको प्राप्त होता हूँ। लोग भिन्न-भिन्न मार्ग द्वारा प्रयत्न करते हुए, अंत में मेरी ही ओर आते हैं।"

जब प्रत्येक जीव ईश्वर की ही संतान है, और सब लोग अपने-अपने मार्ग से अपने उसी परम पिता की ओर बढ़ रहे हैं, तो वैर-विरोध क्यों ? विभाजन और पक्ष धरता क्यों ? सांप्रदायिकता, हठधर्मिता और धर्मांधता क्यों ? इसलिए उन्होंने उस धर्म-संसद को अपनी शुभकामनाएँ अर्पित करते हुए कहा :

> "सांप्रदायिकता, हठधर्मिता और उनकी बीभत्स वंशधर धर्मांधता इस सुन्दर पृथ्वी पर बहुत समय तक राज्य कर चुकी है। वे पृथ्वी को हिंसा से भरती रही हैं, उसको बारम्बार मानवता के रक्त से नहलाती रही हैं, सभ्यताओं को ध्वस्त करती और पूरे-के-पूरे देशों को निराशा के गर्त में ढकेलती रही हैं। यदि ये बीभत्स दानवियाँ न होतीं, तो मानव-समाज वर्तमान अवस्था से कहीं अधिक उन्नत हो गया होता। पर अब उनका समय आ गया है; और मैं आंतरिक रूप से आशा करता हूँ कि आज प्रातः इस सभा के सम्मान में जो घंटा-ध्वनि हुई है, वह समस्त धर्मांधता का, तलवार या लेखनी के द्वारा होने वाले सभी उत्पीड़नों का, तथा एक ही लक्ष्य की ओर अग्रसर होने वाले मानवों की पारस्परिक कटुताओं का मृत्यु-निनाद सिद्ध हो।"

ये शुभकामनाएँ 11 सितंबर, 1893 ई० के दिन दी थीं; किन्तु अपना मुख्य भाषण उन्होंने आठ दिन बाद 19 सितंबर, 1893 ई० के दिन किया था। अपना भाषण उन्होंने धर्मों के इतिहास से आरंभ किया था। संसार में आज तीन ही ऐसे धर्म हैं, जिन्हें इतिहास-पूर्व युग में आरंभ हुए माना जा सकता है। वे हैं—हिन्दू, पारसी तथा यहूदी। उनके विषय में स्वामीजी ने कहा :

> "उनको अनेकानेक प्रचंड आघात सहने पड़े हैं, फिर भी जीवित बने रहकर, वे सभी अपनी आंतरिक शक्ति का प्रमाण प्रस्तुत करते हैं। पर जहाँ हम देखते हैं कि यहूदी धर्म, ईसाई धर्म को आत्मसात् नहीं कर सका, वरन् अपनी सर्वविजीयनी दुहिता—ईसाई धर्म-द्वारा अपने जन्म-स्थान से निर्वासित कर दिया गया; और केवल मुट्ठी भर पारसी ही अपने महान् धर्म की गाथा गाने को लिए अवशिष्ट हैं—वहाँ भारत में एक के बाद एक, न जाने कितने संप्रदायों का उदय हुआ और उन्होंने वैदिक धर्म को जड़ से हिला दिया, किन्तु भयंकर भूकंप के

> समय समुद्र-तट के जल के समान वह कुछ समय पश्चात् हजार गुना बलशाली होकर सर्वग्रासी आप्लावन के रूप में पुनः लौटने के लिए पीछे हट गया और जब यह सारा कोलाहल शांत हो गया, तब इन समस्त धर्म-संप्रदायों को उनकी धर्म-माता (हिन्दू धर्म) की विराट् काया ने चूस लिया, आत्मसात् कर लिया और अपने में पचा डाला।"

कितना सुन्दर बिंब है। भूकंप के समय, जैसे सागर-तट का जल पीछे हटता है, वैसे ही हिन्दू धर्म, नए-नए संप्रदायों के भूकंप में पीछे हट गया...। किन्तु भूकंप तो स्थाई प्रक्रिया नहीं है। उसके शांत होते ही सागर का जल लौटता है, और अपनी अनुपस्थिति में, अपने स्थान पर उग आए प्रत्येक जीव अथवा पदार्थ को आत्मसात् कर लेता है। वे भी उस जल का अंग हो जाते हैं।....वही स्थिति हिन्दू धर्म की हुई।

धर्म तो शाश्वत तत्त्व है, कुछ-कुछ सागर के समान, जल के समान! जल के बिना जीवन नहीं है।... और भूकंप क्या है ? एक अपवाद ! एक आपात् स्थिति ! किसी असंतुलन को संतुलित करने का प्रकृति का अल्पकालिक प्रयास। वह मानव-मन के लिए स्थायी नियम नहीं हो सकता।...जो अनेक संप्रदाय और आंदोलन आए, उसी भूकंप के समान आए। उस समय तो लगता था कि अन्य सब कुछ मिथ्या है, बस भूकंप ही सत्य है। इसलिए अन्य सब कुछ नष्ट हो जाएगा। शेष रहेगा तो बस भूकंप ही। जिसके सम्मुख सागर भी पीछे हट जाए, उसके सम्मुख कौन टिकेगा ?...किन्तु काल-खंड का सत्य, पूर्ण सत्य नहीं होता। सत्य तो काल के ही समान शाश्वत है। स्थायी तो सागर ही है, वही स्थायी रहा। भूकंप के समान आने वाले विचार और संप्रदाय अपने संशोधनों के साथ हिन्दू धर्म में मिल गए। सागर पुनः लौट आया; और नया-पुराना, सब कुछ आत्मसात् कर गया। उसके जल का स्वाद कुछ बदला होगा, उसका रंग कुछ परिवर्तित हुआ होगा...किन्तु सागर तो सागर ही है। वह सागर ही रहा।

इस प्रसंग में मेरे मन में एक माता और उसके पुत्रों का बिंब उभरता है। अपनी छोटी-छोटी आकांक्षाओं को लेकर, पुत्र माता से अपना विरोध प्रकट करते हैं, और उसके व्यवहार को गलत सिद्ध करना चाहते हैं। माता, उनकी उद्वेलित मानसिकता को देखते हुए, उस समय मौन रह जाती है। थोड़े समय पश्चात् जब उनका उद्वेलन समाप्त होता है, मन शांत होता है, वे माँ की बात सुनने की मनःस्थिति में होते हैं, तो माँ उन्हें समझा लेती है और पुत्र माँ से सहमत हो जाते हैं। विरोध समाप्त हो जाता है। वे फिर से एक हो जाते हैं।

एक परिवार में अनेक गौवें हैं। वे खूब दूध देती हैं। परिवार वाले दूध के प्रेमी हैं। दूध उन्हें उपयोगी भी लगता है और स्वादिष्ट भी। किन्तु अंतर यह है कि एक सदस्य तो दूध को उसके मूल रूप में ही पीना चाहता है, दूसरा उसमें थोड़ी चीनी

डालना चाहता है, तीसरा उसे दही के रूप में खाना चाहता है, चौथे को लस्सी भाती है, कोई उसका मक्खन ही खाना चाहता है, तो कोई उसके सार-तत्त्व को घी के रूप में ग्रहण करना चाहता है। वे कभी-कभी भूल भी जाते हैं कि वे लोग दूध के ही विभिन्न रूपों के प्रेमी हैं, उनमें कोई मूलभूत अंतर नहीं है। वे लोग दूध के, अपनी रुचि वाले रूप का पक्ष लेते हैं और परस्पर एक-दूसरे को छोटा-बड़ा सिद्ध करना चाहते हैं।...किन्तु माँ जानती है कि ऊपरी रूप चाहे कितना ही भिन्न क्यों न हो, मूल तत्त्व एक ही है। इसलिए वह उनमें से किसी को भी असत्य नहीं ठहराती। अपनी रुचि-भेद के बावजूद वे सब एक ही परिवार के अंग बने रहते हैं और एक-दूसरे से प्रेम करते हैं।

हमारा धर्म, अन्य धर्मों से एक बात में बहुत स्पष्ट रूप से भिन्न है। इसमें वैविध्य, बहुत अधिक वैविध्य है। इतना अधिक वैविध्य कि साधारण जन कई बार समझ नहीं पाता कि किसे वह अपना धर्म माने, और किसे न माने। उसे अपने धर्म में आत्मविरोध भी दिखाई देता है। स्वामीजी के सम्मुख भी यह बात रही होगी। अतः उन्होंने पहले हिन्दू धर्म के विस्तार क्षेत्र की चर्चा की :

> "आधुनिक विज्ञान के नवीनतम आविष्कार जिसकी केवल प्रतिध्वनि प्रतीत होती हैं, उस वेदांत दर्शन की अत्युच्च आध्यात्मिक उड़ानों से लेकर मूर्तिपूजा के निम्नस्तरीय विचारों एवं तदानुषंगिक अनेकानेक पौराणिक दंतकथाओं तक और बौद्धों के अज्ञेयवाद तथा जैनों के निरीश्वरवाद तक के लिए हिन्दू धर्म में स्थान है।"

ऐसे में कोई भी पूछ सकता है कि क्या हिन्दू धर्म भानुमती का पिटारा है ? क्या विविध प्रकार की उपासना-पद्धतियों को संगृहीत कर, बिना किसी समान आधार-भूमि की खोज किए, उसे हिन्दू धर्म का नाम दे दिया गया है ? क्या यह कोई महासंघ है, जिसका लक्ष्य विविध प्रकार के विचारों को केवल जोड़ते चलना है; अथवा इसका कोई सामान्य सैद्धांतिक आधार भी है ? स्वामीजी के ध्यान में यह प्रश्न बहुत वेग से उमड़-घुमड़ रहा होगा। इसीलिए उन्होंने कहा :

> "तब यह प्रश्न उठता है कि वह कौन-सा सामान्य बिन्दु है, जहाँ पर इतनी विभिन्न दिशाओं में जाने वाली त्रिज्याएँ केन्द्रस्थ होती हैं ? वह कौन-सा सामान्य आधार है, जिस पर ये प्रचंड विरोधाभास आश्रित हैं?"

यह एकता अरौर सामंजस्य खोजने का प्रयत्न है। आध्यात्मिक आधार पर सारे देश को एकता के सूत्र में बाँधने का प्रयास है। इसीलिए कहा जाता है कि स्वामीजी की आध्यात्मिकता और राष्ट्रीयता एक-दूसरे में पूर्णतः संगुंफित हैं। यदि देश रूपी

चक्र को आगे बढ़ना है, तो उसकी एक धुरी होगी ही। उस केन्द्र और परिधि को जोड़ने वाली त्रिज्याएँ, विविध दिशाओं में जाती प्रतीत होंगी; किन्तु वे सब परिधि को केन्द्र से जोड़ने के लिए हैं, ताकि चक्र सुविधापूर्वक आगे बढ़ सके।

हिन्दू धर्म की वह धुरी अथवा केन्द्र हैं वेद। स्वामीजी की दृढ़ मान्यता है कि हिन्दुओं ने अपना धर्म 'श्रुति' अथवा वेदों से प्राप्त किया है। वेद अनादि और अनन्त हैं। पर कोई पुस्तक अनादि और अनन्त कैसे हो सकती है ?...

मैंने कई बार देखा है कि वैसे तो हम अपनी, अपने मन की, अपनी भाषा की, अपने धर्म अथवा अपने देश की खोज नहीं करते, किन्तु जब कोई अन्य अपना प्रदर्शन कर पूछता है कि बताओ, तुम्हारे पास भी है कोई ऐसी चीज ? तो हम अपने-आपको खोजने लगते हैं। अंग्रेज़ों ने जब हमारे सामने अपना शेक्सपियर रखा, तो हमने अपना कालिदास खोजा; अन्यथा हमें कालिदास कोई बहुत याद नहीं आते थे। पश्चिम ने अपना नेपोलियन प्रस्तुत किया, तो हमने अपना समुद्रगुप्त खोजा। पर ये सब तुलनाएँ हैं; और तुलनाओं में कई बार अपना ही स्वरूप विकृत हो जाता है, क्योंकि हम कालिदास को कालिदास के रूप में नहीं खोजते, शेक्सपियर के रूप में खोजते हैं; हम समुद्रगुप्त को नहीं खोजते, भारत के नेपोलिनयन को खोजते हैं।

हम अच्छा-खासा 'नमस्ते', 'नमस्कार', 'प्रणाम' कहा करते थे। अंग्रेज़ों ने हमसे पूछा, कि हमारे पास 'गुड मार्निंग', 'गुड ईवनिंग', 'गुड आफ्टरनून' अथवा 'गुड नाइट' है ? हमने पलट कर उनसे यह नहीं पूछा कि उनके पास 'नमस्ते', 'प्रणाम', 'चरण स्पर्श' जैसे अभिवादन हैं, जिनमें अपने 'अहंकार' का विगलन होता है और मनुष्य आध्यात्मिक धरातल पर विकास करता है ? हमने अपने यहाँ 'गुड मार्निंग' इत्यादि खोजने के चक्कर में 'सुप्रभात', 'शुभ प्रभात', 'शुभ संध्या', तथा 'शुभ-रात्रि' इत्यादि का निर्माण कर डाला, जिनकी हमारे अपने संदर्भ में कोई सार्थकता ही नहीं है। कहाँ जीवन का आध्यात्मिक दर्शन, अहंकार से मुक्ति, दूसरे का सम्मान...और कहाँ, मात्र मौसम की चर्चा !

ईसाई पादरियों ने हिन्दुओं के रीति-रिवाज और मान्यताओं पर आक्षेप किए तो उनसे अत्यन्त प्रभावित होने के कारण, राजा राममोहन राय ने 'ब्रह्म-समाज' बना डाला। उससे ईसाइयों के सामने, उन्हीं के अनुरूप, हिन्दू धर्म का एक ईसाई संस्करण तो खड़ा हो गया, किन्तु क्या हिन्दू धर्म के वास्तविक स्वरूप की खोज हुई ?

यही स्थिति 'धर्म-ग्रंथ' को लेकर है। अन्याय धर्मों के पास अपना-अपना एक धर्म-ग्रंथ है। वे पूछते हैं कि तुम्हारा धर्म-ग्रंथ कौन-सा है ? तो अपने धर्म के स्वरूप से अनभिज्ञ हिन्दू, विचलित हो जाता है। उसकी समझ में नहीं आता कि वह क्या कहे। वेद हैं, पुराण हैं, ब्राह्मण हैं, आरण्यक हैं, उपनिषद् हैं, भगवत् गीता है, रामायण है, महाभारत है...वह किस ग्रंथ को अपना एकमात्र धर्म-ग्रंथ कहे ? वह किस एक

व्यक्ति का नाम ले, जिसने उसके धर्म की स्थापना की ? वह किस एक दर्शन की चर्चा करे, जो उसका एकमात्र धर्म-दर्शन है ? ये सारे प्रश्न केवल इसलिए हैं, क्योंकि हम हिन्दू धर्म का वास्तविक स्वरूप नहीं खोज़ रहे। हम तो अपने धर्म को अन्य धर्मों के साँचे में ढालने का प्रयत्न कर रहे हैं। संसार के अनेक धर्मों का एक संस्थापक है। उसका एक दर्शन है। उसका एक ग्रंथ है। उसी प्रकार उन्हें ईश्वर का मात्र एक ही रूप ज्ञात है...पर हिन्दू धर्म का कोई एक संस्थापक नहीं है; कोई एक दर्शन नहीं है; कोई एक ग्रंथ नहीं है; उस विराट ईश्वरीय सत्ता को मात्र एक ही रूप में सीमित नहीं किया गया है।

ऐसा क्यों है ? इस प्रश्न का उत्तर पाने के लिए हमें हिन्दू धर्म का वास्तविक स्वरूप समझना होगा। अन्य धर्मों के प्रकाश में, उनके अनुरूप उसका रूप गढ़ना बंद करना होगा। हमें सोचना होगा कि सत्य का संपूर्ण रूप, क्या किसी एक दर्शन द्वारा प्रतिपादित हो चुका है, अथवा प्रतिपादित हो सकता है ? धर्म, ईश्वर, सृष्टि तथा मनुष्य संबंधी अंतिम सत्य क्या किसी एक ग्रंथ में कहा जा चुका ? मानव की बौद्धिक और आध्यात्मिक क्षमताएँ क्या समाप्त हो चुकीं ? क्या एक व्यक्ति, एक दर्शन अथवा एक ग्रंथ को पूर्ण सत्य मान, अन्य सबको असत्य मानना होगा ? क्या वैविध्य और विकास की कहीं कोई संभावना नहीं है ?

....तो बात, वेदों के अनादि और अनन्त होने की चल रही थी।...मेरे एक मित्र हँसकर कहते हैं कि जाओ भाई ! कहीं से खोजकर, कोई ऐसी पुस्तक ले आओ, जिसका पहला पृष्ठ लिखा ही न गया हो। वही तो अनादि होगी, जिसका पहला पृष्ठ ही न हो, जिसका कोई आरंभ ही न हो। तो हम पढ़ना कहाँ से आरंभ करें ? बीच से ? मध्य से ? कोई पुस्तक बीच से

पढ़ी जाएगी, तो समझ में आएगी ?...और फिर उसका अंत भी नहीं है। न बाबा ! हम ऐसी पुस्तक नहीं पढ़ेंगे, जो पढ़ना आरंभ करने के पश्चात् कभी समाप्त ही न हो। इसीलिए तो कोई तुम्हारे वेदों को पढ़ने का साहस नहीं करता—जब पुस्तक समाप्त ही नहीं होती है, तो पढ़ने का लाभ ?

एक अन्य मित्र एक चुटकुला सुनाते हैं कि वृद्ध दादी ने अपनी पोती से कहा कि वह जब भी पूरियाँ तलती हैं, उसकी पहली पूरी जल जाती है। पोती ने हँसकर उत्तर दिया कि दादी को चाहिए कि वह पहली पूरी तले ही नहीं, दूसरी से ही तलना आरंभ करे।...दादी जानती है कि यह संभव नहीं है। पहली पूरी तले बिना दूसरी पूरी नहीं तली जा सकती। हम भी जानते हैं कि हमारे मित्र चाहे विनोद में यह बात कह रहे हों, किन्तु बात तो ठीक ही कह रहे हैं। आदि न हो तो मध्य नहीं हो सकता। और आदि है, तो अंत भी होगा ही। 'वेद' के विषय में भी यही सत्य है, यदि वेद किसी एक पुस्तक का नाम हो। तो फिर स्वामीजी क्या कर रहे हैं ?

इन्हीं सब प्रश्नों के उत्तर की खोज के लिए हम आगे बढ़ें तो हमें स्वामीजी से ही पूछना होगा, "वेद का क्या अर्थ है ? क्या वेद किसी एक पुस्तक का नाम है ?" वे स्पष्ट कहते हैं : वेदों का अर्थ है, भिन्न-भिन्न कालों में भिन्न-भिन्न व्यक्तियों द्वारा आविष्कृत आध्यात्मिक सत्यों का संचित कोश। जैसे भौतिक नियमों का आविष्कार करने वाले विभिन्न लोगों ने विज्ञान को जन्म दिया और उसका पालन-पोषण किया, उसी प्रकार विभिन्न कालों में आध्यात्मिक नियमों का आविष्कार करने वाले लोगों ने हिन्दू धर्म को आज तक की स्थिति तक पहुँचाया। जैसे विज्ञान किसी एक वैज्ञानिक से जन्म लेकर उसके साथ ही समाप्त नहीं हो जाता, वैसे ही हिन्दू धर्म किसी एक साधक अथवा द्रष्टा से उत्पन्न हो, उसके साथ ही समाप्त नहीं हो जाता। धर्म के नियम शाश्वत हैं, चाहे हम उन्हें जानें या न जानें। इस पृथ्वी पर जन्म लेने वाला प्रत्येक जीव, सृष्टि के नियमों से अवगत कहाँ होता है ! किन्तु नियमों का अस्तित्व किसी प्राणी के सीमित ज्ञान पर तो निर्भर नहीं है। यूरोप को अमरीका का ज्ञान नहीं था, तो भी अमरीका का अस्तित्व था।...स्वामीजी ने धर्म-संसद को बताया :

> "जिस प्रकार गुरुत्वाकर्षण का सिद्धांत, मनुष्यों के पता लगाने के पूर्व से ही अपना काम करता चला आया था; और आज मनुष्य जाति यदि उसे भूल भी जाए तो, वह नियम अपना कार्य करता ही रहेगा, ठीक वही बात आध्यात्मिक जगत् का शासन करने वाले नियमों के संबंध में भी है। एक आत्मा का दूसरी आत्मा के साथ और जीवात्मा का आत्माओं के परम पिता के साथ जो नैतिक तथा आध्यात्मिक संबंध हैं, वे उनके आविष्कार के पूर्व भी थे और हम यदि उन्हें भूल भी जाएँ, तो भी बने रहेंगे।"

स्वामीजी ने बताया कि इन आध्यात्मिक सत्यों का आविष्कार करने वाले लोगों को ही हम ऋषि कहते हैं। यह बताना भी वे नहीं भूले कि उन ऋषियों में कुछ स्त्रियाँ भी थीं। खेतड़ी में नर्तकी वाली घटना के पश्चात् प्रायः वे नारी तथा पुरुष में भेद करते दिखाई नहीं देते। उनके मन में इस प्रकार का कोई भी भेद होता, तो अमरीका में अपनी सहयोगिनी महिलाओं के साथ वे सहज रूप में कार्य नहीं कर सकते थे। उन्होंने निर्भ्रांत शब्दों में कहा कि आत्मा निर्लिंग है। उसमें स्त्री-पुरुष-भेद नहीं होता। यह भेद केवल शरीर का है। यह चर्चा करते हुए कि ऋषियों में कुछ स्त्रियाँ भी हैं, उनके ध्यान में अवश्य ही वे लोग रहे होंगे, जो अनेक प्रकार के कुतर्कों की आड़ में स्त्रियों को कुछ क्षेत्रों से बहिष्कृत कर, उन्हें अनेक अधिकारों से वंचित रखना चाहते हैं। वेदों का अध्ययन भी ऐसा ही एक क्षेत्र है। कदाचित् इसलिए स्वामीजी ने यह तथ्य रेखांकित किया था कि हिन्दुओं के धर्म के उत्स—वेदों की रचना करने वाले ऋषियों में कुछ स्त्रियाँ भी थीं।

देखिए ! हम भी बहककर कहाँ आ गए। बात वेदों के स्वरूप की थी और हम पहुँच गए स्त्री-पुरुष भेद पर। प्रश्न यह है कि क्या वेद अनादि और अनन्त हैं ? कोई भी चिंतनशील प्राणी यह आपत्ति कर सकता है कि नियम—आध्यात्मिक नियम, अनन्त तो हो सकते हैं; किन्तु वे अनादि कैसे हो सकते हैं ? कभी-न-कभी तो उनका निर्माण किया ही गया होगा। स्वामीजी नियमों की नहीं, उन नियमों के आधार पर रची गई सृष्टि की चर्चा करते हैं। सृष्टि है तो नियम तो होंगे ही। नियमों को खोजना पड़ता है, सृष्टि को कहीं खोजने नहीं जाना पड़ता। सृष्टि तो सदा ही हमारे सामने है...

> "वेद हमें यह सिखाते हैं कि सृष्टि का न आदि है, न अंत ! विज्ञान ने यह सिद्ध कर दिखाया है कि समग्र विश्व की सारी ऊर्जा-समष्टि का परिमाण सदा एक-सा रहता है।"

इसका अर्थ यह हुआ कि न तो और ऊर्जा का निर्माण हो रहा है और न ही ऊर्जा नष्ट हो रही है। केवल उसका रूप बदलता है ! एक प्रकार की ऊर्जा, दूसरी प्रकार की ऊर्जा में परिणत हो रही है। बिजली ताप में बदल जाए, ताप गति में बदल जाए, गति स्थिति में बदल जाए; किन्तु ऊर्जा नष्ट नहीं हो रही।...ऊर्जा ही तो सृष्टि का रूप है। किन्तु सृष्टि में प्रलय तो होना है; प्रलय के प्रश्चात् उसका निर्माण भी होता होगा।

स्वामीजी यह प्रश्न भी उठाते हैं कि यदि ऐसा कोई काल था, जब किसी वस्तु का अस्तित्व नहीं था, तो उस समय यह संपूर्ण व्यक्त ऊर्जा कहाँ थी ? आध्यात्मिक चिंतक कहेंगे कि वह सारी ऊर्जा, ईश्वर में ही अव्यक्त रूप में निहित थी। किन्तु, ऐसी स्थिति में हमें यह मानना पड़ेगा कि ईश्वर कभी व्यक्त है, कभी अव्यक्त ! तो

क्या ईश्वर विकारशील है ? प्रत्येक विकारशील पदार्थ यौगिक होता है और प्रत्येक यौगिक पदार्थ में वह परिवर्तन अवश्यम्भावी है, जिसे हम विनाश कहते हैं। अतः स्वामीजी अपना निष्कर्ष देते हैं :

> "इस प्रकार तो ईश्वर की मृत्यु हो जाएगी, जो अनर्गल है। अतः ऐसा समय कभी नहीं था, जब यह सृष्टि नहीं थी। स्रष्टा और सृष्टि दो रेखाएँ हैं, जिनका न आदि है, न अंत; और जो समानांतर चलती हैं। ईश्वर नित्य क्रियाशील विधाता है, जिसकी शक्ति से प्रलय-पयोधि में नित्यशः एक के पश्चात् एक ब्रह्मांड का सृजन होता है, वे कुछ काल तक गतिमान रहते हैं और उसके पश्चात् वे विनष्ट कर दिए जाते हैं। 'सूर्याचंद्रमसौ धाता यथापूर्वम् अकल्पयत्' अर्थात् इस सूर्य और इस चंद्रमा को पूर्व कल्पों के सूर्य और चंद्रमा के समान निर्मित किया गया।"

तो वेद कहते हैं कि इस सूर्य और इस चंद्रमा को पहले के कल्पों के सूर्य और चंद्रमा के समान निर्मित किया गया। इसका अर्थ हुआ, सूर्य और चंद्रमा पहले भी थे और उन्हें भी उनसे पूर्व के कल्पों के सूर्य और चंद्रमा के समान निर्मित किया गया होगा। अतः सृष्टि का कोई आदि नहीं है।...जब सृष्टि का ही आदि नहीं है, तो उसके नियमों का आरंभ कैसे हो सकता है; नियम, सृष्टि से भी पूर्व, नहीं तो सृष्टि के साथ-साथ ही होने चाहिएँ। अतः आध्यात्मिक निमय भी अनादि हैं। वे आध्यात्मिक नियम ही तो वेद हैं। उनका आविष्कार मनुष्य ने किया हो, या न किया हो—नियमों के अस्तित्व पर संदेह नहीं किया जा सकता। इसलिए ऋषि उन नियमों के स्रष्टा नहीं हैं, वे उनके आविष्कारक भी नहीं हैं, वे उनके द्रष्टा हैं। उन्होंने अपनी साधना से उन मंत्रों—नियमों—को देखा भर है। देखा तो उसे ही जाता है, जिसका अस्तित्व पहले से हो। नियम अनादि हैं; अतः वेद अनादि हैं।...इसी प्रकार वे अनन्त भी हैं। नियम रहेंगे, तो उनके द्रष्टा जन्म भी लेंगे, नए मंत्रों का उच्चारण भी करेंगे। उन मंत्रों का संकलन भी होगा। वे नए ग्रंथों के रूप में पुराने ग्रंथों के साथ जोड़े भी जाएँगे।...

ऋषि, ईश्वर को खोजने, जानने, पहचानने का प्रयत्न करते हैं। आत्मा को वे परमात्मा का अंश मानते हैं, परमात्मा का स्वरूप ! तो आत्मा को भी जानना होगा, तभी परमात्मा को जाना जा सकेगा। या आत्मा को जान लेना ही, परमात्मा को जान लेना है...

स्वामीजी ने कहा कि यदि कोई व्यक्ति अपने अस्तित्व को 'मैं' के रूप में समझने का प्रयत्न करेगा, तो उसमें एक ही भाव का उदय होगा कि वह भौतिक पदार्थों के संघात से निर्मित एक शरीर मात्र है; किन्तु वेदों की घोषणा है :

> "मैं शरीर में रहने वाली आत्मा हूँ; मैं शरीर नहीं हूँ। शरीर मर जाएगा, किन्तु मैं नहीं मरूँगा। मैं इस शरीर में विद्यमान हूँ और जब इस शरीर का पतन होगा, तब भी मैं विद्यमान रहूँगा। मैं इस शरीर के जन्म से पहले भी था।"

आत्मा की सृष्टि नहीं हुई है, क्योंकि सृष्टि का अर्थ है, भिन्न-भिन्न द्रव्यों का संघात, उनका परस्पर जुड़ना। प्रकृति के नियमों के अन्तर्गत, कालक्रम में उस संघात का विघटन, उन जुड़े हुए पदार्थों का पृथक् होना, अवश्यम्भावी है। यदि आत्मा का जन्म हुआ, तो उसकी मृत्यु भी होनी चाहिए।...आत्मा का न जन्म होता है, न मृत्यु ! आत्मा, अजन्मा और अविनाशी अस्तित्व है।...पर यदि आत्मा न जन्मती है, न मरती है; यदि आत्मा अमिश्रित, विशुद्ध एक ही तत्त्व है; यदि वह ईश्वर का अंश है; तो संसार में इतना भेद-भाव क्यों है ?

> "कुछ लोग जन्म से ही सुखी होते हैं, पूर्ण स्वास्थ्य का आनन्द भोगते हैं, उन्हें सुन्दर शरीर उत्साहपूर्ण मन और सभी आवश्यक सामग्रियाँ प्राप्त रहती हैं। दूसरे कुछ लोग जन्म से ही दुखी होते हैं : किसी के हाथ या पाँव नहीं होते, तो कई मूर्ख होते हैं और किसी प्रकार अपने दुःखमय जीवन के दिन काटते हैं। ऐसा क्यों ? यदि ये सभी एक ही न्यायी और दयालु ईश्वर ने उत्पन्न किए हों, तो फिर उसने एक को सुखी और दूसरे को दुःखी क्यों बनाया ? ईश्वर ऐसा पक्षपाती क्यों है? यह मान लेना पर्याप्त नहीं है कि जो इस जीवन में दुःखी हैं, वे अगले जन्म में पूर्ण सुखी होंगे। न्यायी और दयालु ईश्वर के राज्य में, मनुष्य इस जीवन में भी दुःखी क्यों रहे ?"

ईश्वर, सृष्टि, धर्म इत्यादि के विषय में सोचने वाले प्रत्येक व्यक्ति को ये प्रश्न सदा से परेशान करते रहे हैं। प्रत्येक धार्मिक व्यक्ति से सामान्य जन यह प्रश्न अवश्य करते हैं कि इस संसार में सच्चा और ईमानदार व्यक्ति ही क्यों कष्ट पाता है ? पापी सदा साधन-संपन्न और सुखी क्यों रहता है ? महाभारत में पांडव बार-बार यह प्रश्न करते हैं। इसका एक उत्तर तो हो सकता है कि यह ईश्वर की इच्छा है। वह सर्वशक्तिमान और परम स्वतंत्र है। उससे उसके कृत्यों का स्पष्टीकरण माँगने का हमें कोई अधिकार नहीं है। अधिकार तो कोई नहीं है, पर मनुष्य की जिज्ञासा तो है।

इसी संदर्भ में स्वामीजी एक और महत्त्वपूर्ण तथ्य की भी चर्चा करते हैं :

> "सृष्टि उत्पादक ईश्वर को मान्यता देने वाला सिद्धांत, वैषम्य की कोई व्याख्या नहीं करता। वह तो केवल एक सर्वशक्तिमान पुरुष का निष्ठुर आदेश ही प्रकट करता है।"

यदि हम इसे मात्र 'ईश्वर की इच्छा' मानकर रुक जाएँ तो प्रश्न का उत्तर तो नहीं ही मिलता, ईश्वर की कोई अच्छी छवि भी नहीं उभरती। वह क्रूर और परपीड़न रति का रोगी प्रतीत होता है। पर हम यह स्वीकार नहीं कर सकते। हमें यही बताया गया है कि वह दयालु है, करुणा सागर है, प्रेम का पारावार है। तो वह अपनी ही सृष्टि को पीड़ा देकर, सुखी कैसे रह सकता है ? उसकी कठोरता और निष्ठुरता का कोई कारण भी होना चाहिए। ईश्वर का आदेश इतना निष्ठुर क्यों है ? ईश्वर इतना कठोर क्यों है ? शायद इसलिए कि वह न्यायी है। बिना कठोर हुए न्याय नहीं हो सकता। निष्ठुर हुए बिना, कोई किसी को दंडित कैसे कर सकता है।...तो फिर इस न्याय और निर्णय का आधार क्या है ? ईश्वर की निष्ठुरता और मनुष्य के दुख का कारण क्या है ? न्याय तो अपराध के पश्चात् ही होगा। भूल के पश्चात् ही दंडित करने के लिए कठोर होना होगा। वह अपराध कब हुआ ? वह भूल कब हुई ? बालक ने तो अभी जन्म ही लिया है, तो वह विकलांग क्यों है ? क्या जन्म से पहले ही उससे कोई अपराध हो गया ? स्वामीजी कहते हैं :

> "इस जन्म से पूर्व, ऐसे कारण होने ही चाहिएँ, जिनमें फलस्वरूप मनुष्य इस जन्म में सुखी या दुःखी हुआ करता है और ये कारण हैं, उसके ही पूर्वानुष्ठित कर्म !"

पर हम इसे केवल इसलिए मान लें, क्योंकि स्वामीजी कह रहे हैं ? भौतिक सृष्टि का एक नियम 'उत्तराधिकार-नियम' भी तो है। जो गुण कारण में होते हैं, वे कार्य में भी होंगे। संतान विकलांग हुई, क्योंकि माता-पिता के शरीर में रोग था। यह क्यों आवश्यक है कि उस विकलांगता का नवजात शिशु के अपने पूर्व-कर्मों का फल माना जाए। कच्ची ईंटों से बना मकान भी कच्चा होगा ही। शरीर और मन की सारी प्रवृत्तियों की व्याख्या, उत्तराधिकारी नियम से हो सकती है; ऐसे में हमें 'पूर्व-जन्म' तथा 'संचित कर्म' को मानने की क्या आवश्यकता है ? वह व्यक्ति वैसा है, क्योंकि उसके पूर्वज वैसे हैं, या थे। इस उत्तराधिकार-नियम से पिता-पुत्र के परस्पर विरोधी स्वभाव की व्याख्या हम कैसे करेंगे ? आखिर हिरण्यकशिपु का पुत्र प्रह्लाद जैसा मनुष्य कैसे हो सकता है ? निश्चित रूप से 'उत्तराधिकार-नियम' सर्व-व्यापक नहीं है। स्वामीजी की मान्यता है :

> "जड़ और चैतन्य (मन) अस्तित्व की दो समानांतर रेखाएँ हैं। यदि जड़ और जड़ के समस्त रूपांतर ही समग्र वर्तमान अस्तित्व के कारण हो सकते, तो फिर आत्मा के अस्तित्व को मानने की कोई आवश्यकता ही नहीं रह जाती। यह सिद्ध नहीं किया जा सकता कि चैतन्य का विकास जड़ पदार्थ से हुआ है। इसी के लिए दार्शनिक

> अद्वैतवाद अनिवार्य है; और यदि दार्शनिक अद्वैतवाद अनिवार्य है, तो आध्यात्मिक अद्वैतवाद निश्चय ही तर्कसंगत है और भौतिक अद्वैतवाद से किसी भी प्रकार कम वांछनीय नहीं।"

वे यह अस्वीकार नहीं करते कि शरीर की कुछ प्रवृत्तियों को आनुवंशिकता से प्राप्त किया जा सकता है; किन्तु वे यह भी स्पष्ट कर देते हैं कि ऐसी प्रवृत्तियों का अर्थ शारीरिक रूपाकृति ही है, जिसके माध्यम से एक विशेष मन, एक विशेष प्रकार से काम कर सकता है। आत्मा के विषय में वे इस नियम को स्वीकार नहीं करते। उनकी मान्यता है :

> "आत्मा की कुछ ऐसी विशेष प्रवृत्तियाँ होती हैं, जिनकी उत्पत्ति अतीत के कर्म से होती है। एक विशेष प्रवृत्ति वाली जीवात्मा 'योग्यं योग्येन युज्यते', इस नियमानुसार, उसी शरीर में जन्म ग्रहण करती है, जो उस प्रवृत्ति को प्रकट करने के लिए सबसे उपयुक्त आधार हो। यह विज्ञान-संगत है, क्योंकि विज्ञान हर प्रवृत्ति की व्याख्या आदत से करना चाहता है, और आदत आवृत्तियों से बनती है। अतः वे पूर्व जन्मों से ही आई होंगी।"

ऐसे में सहज रूप से पूछा जा सकता है कि यदि व्यक्ति के पूर्व जन्म होते हैं, तो उनकी स्मृति क्यों नहीं होती ? उस स्मृति की व्याख्या स्वामी जी इस प्रकार करते हैं :

> "मैं अभी अंग्रेज़ी बोल रहा हूँ। वह मेरी मातृभाषा नहीं है। वस्तुतः इस समय मेरी मातृभाषा का कोई भी शब्द मेरे चित्त में उपस्थित नहीं है; पर उन शब्दों को सामने लाने का थोड़ा प्रयत्न करते ही, वे मेरे मन में उमड़ आते हैं। इससे यही सिद्ध होता है कि चेतन, मानस-सागर की सतह मात्र है और भीतर उसकी गहराई में, हमारी समस्त अनुभव राशि संचित है। केवल प्रयत्न तथा उद्यम कीजिए, वे सब ऊपर उठ आएँगे और अपने पूर्व-जन्मों का भी ज्ञान प्राप्त कर सकेंगे।"

स्वामी विवेकानन्द के जीवन में अनेक ऐसे अवसर आए हैं, जब उनके श्रोताओं ने उनसे जिज्ञासा की है कि क्या पूर्व-जन्मों का ज्ञान प्राप्त किया जा सकता है ? उन्होंने सदा ही उसका उत्तर स्वीकार में दिया है। तब श्रोता आगे बढ़ते हैं और पूछते हैं कि क्या स्वामीजी ने अपने पूर्व-जन्मों का ज्ञान प्राप्त कर लिया है ? स्वामीजी ने इस प्रश्न का उत्तर कभी नहीं दिया। वे उसे सदा ही टाल गए। यदि वे कहते कि उन्हें अपने पूर्व-जन्मों का ज्ञान नहीं है, तो वह उनके अपने सिद्धांतों को खंडित

करता; और यदि वे कहते कि हाँ, उन्हें अपने पूर्व-जन्मों का ज्ञान है, तो श्रोता का अगला प्रश्न होता, कि वे बताएँ कि पूर्व-जन्मों में वे क्या थे और कौन थे ? संभवतः ऐसे चमत्कारी प्रश्नों का उत्तर स्वामीजी नहीं देना चाहते थे। ध्यान से देखा जाए, तो उन्होंने अपने जीवन में न कोई चमत्कार दिखाया, न चमत्कारों को प्रोत्साहित किया। जब वे तीर्थ-यात्रा के लिए पूर्वी बंगाल तथा आसाम में गए थे, तो एक रोगिणी महिला ने उनसे अपने कष्ट-निवारण की प्रार्थना की थी। उन्होंने उससे यही कहा, "माँ ! मैं अपना ही रोग दूर नहीं कर सकता, तो तुम्हारे लिए क्या कर सकूँगा।" वे स्वयं तो अनेक साधकों और धर्मात्माओं से पूछते रहे कि क्या उन्होंने ईश्वर को देखा है; किन्तु जब स्वयं उनसे यह प्रश्न पूछा गया कि क्या उन्होंने ईश्वर को देखा है, तो वे उसे सदा ही टाल गए—कभी गंभीरता से, कभी विनोदपूर्वक ! एक बार तो यहाँ तक कह गए, "क्या आपको लगता है कि कोई मेरे जैसा आदमी, ईश्वर को देख सकता है ?" किन्तु सिद्धांत रूप में इन दोनों प्रश्नों (तथा आपत्तियों) का उत्तर एक ही था—शास्त्र कहते हैं कि ऐसा संभव है। आप शास्त्र के बनाए मार्ग पर चलें, और आप उस परिणाम पर पहुँचेंगे, जो योगशास्त्र बता रहा है। उनका बल इस बात पर है कि परिणाम से बढ़कर प्रमाण नहीं है। परिणाम प्राप्त हो जाए, तो फिर प्रमाण माँगने की आवश्यकता ही क्या है ? जब शास्त्र के अनुरूप 'ध्यान' कर उन परिणानों को पाया जा सकता है, तो किसी और से प्रमाण क्या माँगना ?

इसी तथ्य को वे पुनः निर्भ्रांत शब्दों में पुष्ट करते हैं :

> "यह प्रत्यक्ष और प्रतिपाद्य प्रमाण है। सत्य-साधन ही किसी परिकल्पना का पूर्ण प्रमाण होता है, और ऋषिगण यहाँ समस्त संसार को चुनौती दे रहे हैं। हमने उस रहस्य का पता लगा लिया है, जिससे स्मृति-सागर की गंभीरतम गहराई तक का मंथन किया जा सकता है—उसका प्रयोग कीजिए और आप अपने पूर्व-जन्मों की संपूर्ण संस्मृति प्राप्त कर लेंगे।"

मेरे कुछ मित्रों को यह आपत्ति है कि यदि यह स्वीकार कर लिया जाए कि वर्तमान जीवन के सुख-दुख, पूर्व जन्मों का परिणाम हैं, तो हमें किसी दुखी मनुष्य से सहानुभूति नहीं होनी चाहिए। जो कष्ट में है, वह अपने पापों का दंड भुगत रहा है, तो हम उस पापी पर दया क्यों करें ? क्या, उस पर दया करना प्रकारांतर से, ईश्चर के न्याय का अथवा स्वयं ईश्वर का विरोध नहीं होगा ?....यह तर्क ऊपर से जितना पुष्ट दिखाई देता है, भीतर से उतना ही खोखला है। न्याय करना ईश्वर का गुण है; अतः दंड और पुरस्कार, उसी के हाथों में छोड़ देना चाहिए। मनुष्य के रूप में तो हमें सेवा और सहानुभूति के मार्ग पर ही चलना है। वस्तुतः सेवा, संवदेना और सहानुभूति

से हम किसी दूसरे का भला नहीं करते, अपना ही आत्मिक और आध्यात्मिक विकास करते हैं। यदि हम किन्हीं तर्कों की आड़ में कठोर और क्रूर बनते हैं, तो अपने विकास के मार्ग को अवरुद्ध करते हैं। अतः ईश्वरीय न्याय को अपने हाथ में लेने की आवश्यकता नहीं है।

जन्मांतरवाद को स्वीकार न किया जाए, तो मनुष्य की जन्मजात क्षमताओं और उसके सुख-दुख की व्याख्या नहीं हो सकती। मेरे दर्शनशास्त्र के अध्यापक प्रो० अहरार कहा करते थे कि कोई भी धर्म और दर्शन, पुनर्जन्म के सिद्धांत का पूर्ण निषेध नहीं करता; उसके स्वरूप में भेद चाहे करता हो। उनकी मान्यता थी कि क़यामत के दिन मुर्दों का पुनः जी उठना, एक प्रकार का पुनर्जन्म ही है, उसका रूप चाहे कुछ भी हो। एक जीवन में किए गए कर्मों का फल भुगतने के लिए मृत्यु के ' श्चात् पुनः जीवित होना ही पड़ता है।

हम पुनर्जन्म को स्वीकार कर लेते हैं और फिर देखते हैं कि भगवान राम आजीवन कष्ट पाते हैं, वन में भटकते हैं, पत्नी का वियोग सहते हैं, युद्ध करते हैं....श्रीकृष्ण ने भी कम कष्ट और संकट नहीं झेले। ईसा को भी सूली र टाँगा गया। लसीदास की जीवन भक्ति की रेणति बाहुमूल के र में हुई। कृष्ण परमहंस ो कंठ का कैंसर हुआ।... और स्वयं स्वामी विवेकानन्द मधुमेह से पीड़ित रहे। क्या हम मान लें कि वे लोग अपने पिछले जन्मों के पापों का दंड भोग रहे थे ? पिछले जन्म के पापी, इस जीवन में इतने

पुण्यात्मा होकर क्यों उत्पन्न हुए ?

स्वामी विवेकानन्द ने यही प्रश्न पवहारी बाबा से पूछा था—"पुण्यात्मा और धर्मात्मा व्यक्ति इस संसार में इतना दुखी क्यों है ?" पवहारी बाबा हँसे थे, "क्या

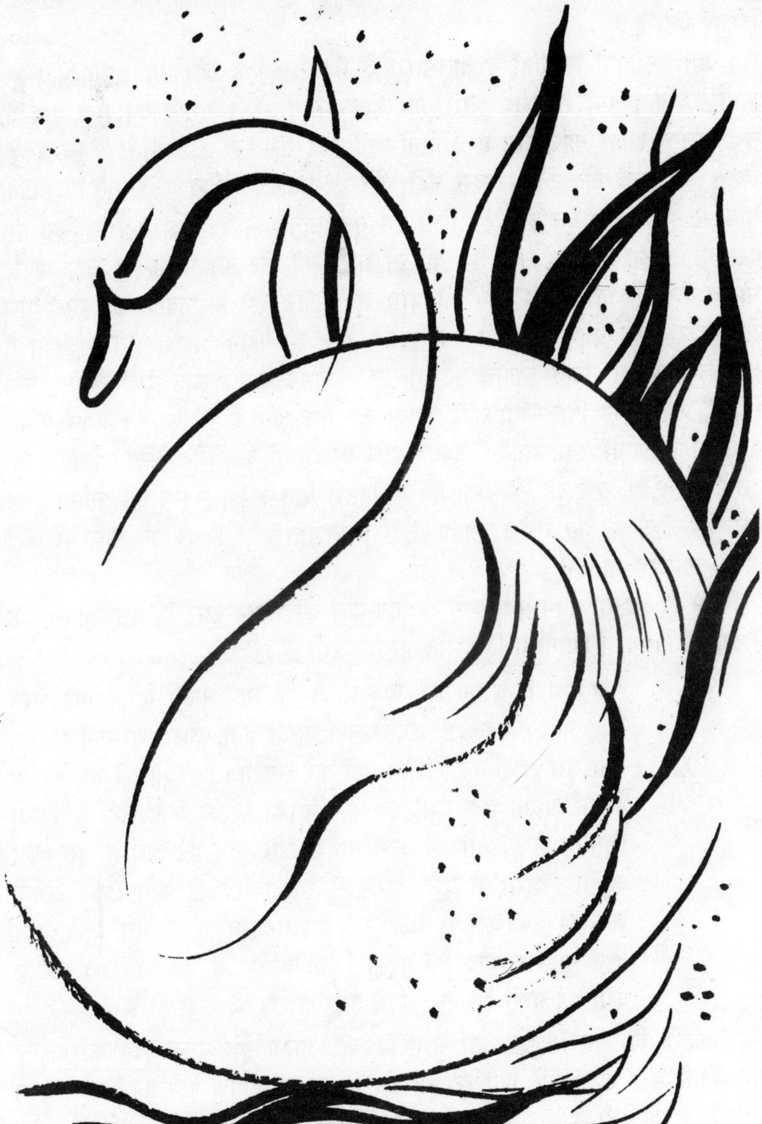

आप नहीं जानते कि ईश्वर जिससे रुष्ट होता है, उसे इतना सुख देता है कि वह ईश्वर को भूल जाए और जिससे प्रसन्न होता है, उसे तिल-तिल जलाकर, उसके मल को निष्कासित करता है ?" एक अन्य प्रसंग में इसी प्रकार के प्रश्न का उत्तर देते हुए रामकृष्ण परमहंस ने कहा था, "यह माया की सृष्टि है। यहाँ सब उलट-पुलट ही दिखाई देता है।"

हम इन दोनों सिद्धांतों में तालमेल कैसे बैठाएँ ? एक ओर हम अपने किए हुए कर्मों का फल पाते हैं; और दूसरी ओर ईश्वर रुष्ट होकर मनुष्य को सुख देता है, तथा प्रसन्न होकर कष्ट देता है ? दोनों बातें कैसे संभव हैं ?...वस्तुतः संभव तो हैं, किन्तु हम उन्हें ठीक-ठीक समझ नहीं पाते ! ठीक-ठीक देख नहीं पाते।...क्योंकि माया ने हमें मोहित कर रखा है। जिसे हम सुख मानते हैं, वह सुख नहीं है; जिसे हम दुख मानते हैं, वह दुख नहीं है। यह तो बुद्धि का फेर है। पलंग पर बैठ, गरिष्ठ भोजन करता हुआ व्यक्ति स्वयं को परम सुखी मान रहा है; जबकि वह सीधे-सीधे रोग के राज्य में प्रवेश कर रहा है। अखाड़े, खेल के मैदान अथवा खेत-खलिहान में श्रम कर, पसीना बहाते व्यक्ति को, वह कष्ट सहन करता हुआ दुखी व्यक्ति मान रहा है, जबकि वह निःरुग्णता और पुष्टता की ओर अग्रसर हो रहा है। अपने संचित कर्मों के परिणामस्वरूप, व्यक्ति, ईश्वर द्वारा उन मार्गों की ओर प्रेरित होता है, जो उसके वास्तविक सुख-दुख के दाता हैं। यह दूसरी बात है कि मनुष्य की सीमित दृष्टि उसे ठीक-ठीक न देख सके। इस प्रकार कर्म-सिद्धांत और ईश्वर की माया में कहीं विरोध नहीं रह जाता।

तो जो आत्मा अपने पूर्व-जन्मों के कर्म-फल को भोगने आई है, उस 'आत्मा' के स्वरूप के विषय में स्वामीजी हिन्दू मत प्रस्तुत करते हैं :

> "अतएव हिन्दू का यह विश्वास है कि वह आत्मा है। उसको शस्त्र काट नहीं सकते, अग्नि दग्ध नहीं कर सकती, जल गला नहीं सकता, वायु उसे शुष्क कर निःशेष नहीं कर सकती। हिन्दुओं की यह धारणा है कि आत्मा एक ऐसा वृत्त है, जिसकी परिधि कहीं नहीं है, किन्तु जिसका केन्द्र, शरीर में अवस्थित है और मृत्यु का अर्थ है, इस केन्द्र का एक शरीर से दूसरे शरीर में स्थानांतरित हो जाना। यह आत्मा जड़ की उपाधियों से बद्ध नहीं है। वह स्वरूपतः नित्य, शुद्ध, बुद्ध तथा मुक्त स्वभाव है। परन्तु किसी कारण से वह स्वयं को जड़ से बंधी हुई पाती है, और अपने आपको जड़ ही समझती है।"

प्रश्न है कि यह विशुद्ध, पूर्ण तथा विमुक्त आत्मा इस प्रकार जड़ का दासत्व क्यों करती है ? स्वतः पूर्ण होते हुए भी इस आत्मा को अपूर्ण होने का भ्रम क्यों हो जाता है ? स्वामीजी ने स्वयं यह प्रश्न उठाकर कहा :

"हमें यह बताया जाता है कि हिन्दू लोग इस प्रश्न से कतरा जाते हैं और कह देते हैं कि ऐसा प्रश्न हो ही नहीं सकता। कुछ विचारक पूर्णप्राय सत्ताओं की कल्पना कर लेते हैं और इस रिक्ति को भरने के लिए बड़े-बड़े वैज्ञानिक नामों का प्रयोग करते हैं, परन्तु नाम दे देना व्याख्या नहीं है। प्रश्न ज्यों-का-त्यों ही बना रहता है। पूर्ण ब्रह्म, पूर्ण प्राय अथवा अपूर्ण कैसे हो सकता है; शुद्ध, निरपेक्ष ब्रह्म अपने स्वभाव को सूक्ष्मातिसूक्ष्म कण भर भी परिवर्तित कैसे कर सकता है। पर हिन्दू ईमानदार है। वह मिथ्या तर्क़ का सहारा लेना नहीं चाहता। पुरुषोचित रूप में इस प्रश्न का सामना करने का साहस वह रखता है और इस प्रश्न का उत्तर देता है, 'मैं नहीं जानता। मैं नहीं जानता कि पूर्ण आत्मा स्वयं को अपूर्ण कैसे समझने लगी, जड़ पदार्थों के संयोग से स्वयं को जड़ नियमाधीन कैसे मानने लगी।' पर इस सबके बावजूद तथ्य जो है, वही रहेगा। यह सभी की चेतना का एक तथ्य है कि प्रत्येक व्यक्ति स्वयं को शरीर मानता है। हिन्दू इस बात की व्याख्या करने का प्रयत्न नहीं करता कि मनुष्य स्वयं को शरीर क्यों समझता है। 'ईश्वर की इच्छा है', यह कोई समाधान नहीं है। यह उत्तर हिन्दू के 'मैं नहीं जानता' के सिवा और कुछ नहीं है।"

इस प्रकार हिन्दुओं की मान्यता है कि आत्मा अनादि और अनश्वर है; और मृत्यु का अर्थ है—एक शरीर से दूसरे शरीर में केवल केन्द्र-परिवर्तन। हमारा वर्तमान हमारे पूर्व कर्मों से निश्चित होता है और हमारा भविष्य हमारे वर्तमान कर्मों द्वारा निश्चित होगा। आत्मा, जन्म और मृत्यु के चक्र में लगातार घूमती है और कभी आरोह करती है, कभी अवरोह। इस स्थिति में मानव मन में जन्मे समूह का स्वामीजी ने एक भयंकर चित्र खींचा है :

"क्या मनुष्य प्रचंड तूफान में ग्रस्त, वह छोटी-सी नौका है, जो एक क्षण किसी वेगवान तरंग के फेनिल शिखर पर चढ़ जाती है और दूसरे क्षण भयानक गर्त में नीचे धकेल दी जाती है, अपने शुभ और अशुभ कर्मों की दया पर केवल इधर-उधर भटकती फिरती है; क्या वह कार्य-कारण की सतत् प्रवाही, निर्मम, भीषण और गर्जनशील धारा में पड़ा हुआ असहाय भग्न पोत है, क्या वह उस कार्य-कारण के चक्र के नीचे पड़ा हुआ, एक क्षुद्र शलभ मात्र है, जो विधवा के आँसुओं तथा अनाथ बालक की आहों की तनिक भी चिंता न करते हुए, अपने मार्ग में आने वाली सभी वस्तओं को क़ुचल डालता है? "

लगता है कि अभी स्वामीजी कह देंगे कि यह सत्य नहीं है; किन्तु वे कहते हैं :

> "इस प्रकार के विचार से अंतःकरण काँप उठता है, पर यही प्रकृति का नियम है।"

प्रकृति के नियम, मनुष्य को सदा ही बहुत कठोर प्रतीत होते हैं। किसी पर किसी प्रकार का कोई दुःख आ पड़े, कोई किसी कठिनाई में फँस जाए—वह प्रकृति के नियमों को क्रूर बताता है; भगवान को कठोर, निर्मम, अन्यायी और अत्याचारी बताता है। छटपटाता है, तड़पता है, उससे मुक्त होना चाहता है...वस्तुतः मनुष्य अपनी सीमित बुद्धि से सारी सृष्टि को देखता-परखता है। केवल देखता-परखता ही नहीं है, निष्कर्षण भी करता है, निर्णय भी करता है। चाहता है कि सारी सृष्टि और स्वयं सृष्टिकर्ता उसी की इच्छा और आज्ञा पर चले। मैंने राह चलते लोगों को ईश्वर का संशोधन करते, उसके परामर्श देते देखा और सुना है। यह एक दृष्टि से बड़ा रोचक प्रसंग है कि जिसे हम ईश्वर मानते हैं, जिसने सृष्टि के नियमों और इस सृष्टि का निर्माण किया है, उसे ही हम स्वयं से कम समर्थ मानते हैं और उसे आदेश देने का दुस्साहस करते हैं। हमारे जिनते भी आदर्श चरित्र हैं, उन्हें हम अपनी तुच्छ सांसारिक बुद्धि से तौलते हैं। उन्हें सांसारिक दृष्टि से असफल और अव्यावहारिक मानते हैं। उनके मार्ग पर चलने के लिए हमें अपना सांसारिक स्वार्थ त्यागना पड़ेगा, जो हम त्याग नहीं सकते। हम स्वयं को गलत नहीं मानते, उन आदर्श चरित्रों को गलत बताने लगते हैं। भगवान राम को पिता की आज्ञा मानने की आवश्यकता नहीं थी, हरिश्चंद्र को सत्य पर अडिग नहीं रहना चाहिए था, युधिष्ठिर को धर्म छोड़कर, राज्य के लिए लड़ना चाहिए था, इत्यादि...। स्वामीजी इस प्रवृत्ति का समर्थन नहीं करते, इसलिए कहते हैं :

> "तो फिर क्या, कोई आशा नहीं है ? क्या इससे बचने का कोई मार्ग नहीं है ?"

उसी आशा की ही तो बात वे करना चाहते हैं। मार्ग ही तो बता रहे हैं :

> "यही करुण पुकार निराशाविह्वल हृदय के अन्तस्थल से ऊपर उठी और उस करुणामय के सिंहासन तक जा पहुँची। वहाँ से आशा तथा सांत्वना की वाणी निकली और उसने एक वैदिक ऋषि को अन्तःस्फूर्ति प्रदान की और उसने संसार के सामने खड़े होकर तूर्य-स्वर में इस आनन्द संदेश की घोषणा की : 'हे अमृत के पुत्रो ! सुनो हे दिव्यधाम वासी देवगण ! तुम भी सुनो। मैंने उस अनादि पुरातन पुरुष को प्राप्त कर लिया है, जो समस्त अज्ञान-अंधकार और माया के परे है। केवल उस पुरुष को जानकर ही तुम मृत्यु के चक्र से छूट सकते हो। दूसरा कोई पथ नहीं है।" (श्वेताश्वर 2/5· 38)

अपने उन अमरीकी श्रोताओं को स्वामीजी ने कहा कि वे अमृत के अधिकारी हैं। हिन्दू उनको पापी कहना स्वीकार नहीं करते। मनुष्य ईश्वर की संतान है, अमर आनन्द का भागी है, पवित्र और पूर्ण आत्मा है, इस मर्त्यलोक पर देवता है। मनुष्य को पापी कहना अपने आपमें पाप है, मानव-स्वरूप पर लांछन है। मनुष्य तो सिंह है, उसे यह भ्रम तोड़ देना चाहिए कि वह भेड़ है। मनुष्य अमर आत्मा है, मुक्त आत्मा

है। वह आनन्दमय और नित्य है। वह जड़ नहीं है, शरीर नहीं है; जड़ पदार्थ मनुष्य का दास है, मनुष्य जड़ पदार्थ का दास नहीं है। इसलिए वेद ऐसी घोषणा नहीं करते कि सृष्टि-व्यापार, कुछ निर्मम विधानों का संघात है और न ही वह कार्य और कारण की अनन्त कारा है। वेद यह घोषणा करते हैं कि इन सब प्राकृतिक नियमों के मूल में, जड़ तत्त्व और शक्ति के प्रत्येक अणु-परमाणु में ओतप्रोत, वही विराजमान है, 'जिसके आदेश से वायु चलती है, अग्नि दहकती है, बादल बरसते हैं और मृत्यु पृथ्वी पर नाचती है।" (कठोपनिषद् 2/3/3)

आत्मा का स्वरूप निश्चित कर स्वामीजी परमात्मा के स्वरूप की ओर आते हैं :

> "वह सर्वत्र है, शुद्ध, निराकार, सर्वशक्तिमान है, सब पर उसकी पूर्ण दया है। 'तू हमारा पिता है, तू हमारी माता है, तू हमारा परम प्रेमास्पद सखा है, तू ही सब शक्तियों का मूल है; हमें शक्ति दे। तू ही इन अखिल भुवनों का भार वहन करने वाला है; तू मुझे इस जीवन के क्षुद्र भार को वहन करने में सहायता दे।"
>
> "वेद कहते हैं हम उसकी पूजा प्रेम के द्वारा करें। इस जीवन तथा अगले जन्मों की समस्त प्रिय वस्तुओं से भी अधिक प्रिय जानकर, उस परम प्रेमास्पद की पूजा करनी चाहिए। श्रीकृष्ण ने इस प्रेम के सिद्धांत का पूर्ण विकास किया है। उन्होंने कहा कि मनुष्य को इस संसार में कमल पत्र के समान रहना चाहिए। संसार में रहे, किन्तु संसार में आसक्ति न हो—उसका हृदय ईश्वर में लगा रहे और हाथ कर्म में व्यस्त रहें।"

स्वामीजी कहते हैं कि इस लोक अथवा परलोक में पुरस्कार की अपेक्षा से ईश्वर से प्रेम करना बुरी बात नहीं; किन्तु केवल प्रेम के लिए ही ईश्वर से प्रेम करना, सबसे अच्छा है और ईश्वर से यही प्रार्थना करना उचित है : "हे भगवान ! मुझे न तो संपत्ति चाहिए, न संतति, न विद्या। यदि तेरी इच्छा है, तो सहस्रों बार जन्म-मृत्यु के चक्र में पड़ूँगा; पर हे प्रभु ! केवल इतना ही दे कि मैं फल की आशा छोड़कर, तेरी भक्ति करूँ, केवल प्रेम के लिए ही, तुझ पर मेरा निःस्वार्थ प्रेम हो।" शिक्षाष्टक इसी प्रसंग में स्वामीजी ने महाभारत में से युधिष्ठिर और द्रौपदी का एक संवाद उद्धृत किया है। द्यूत सभा में सर्वस्व हारकर वन में निवास करते हुए, द्रौपदी ने पूछा, "मनुष्यों में सर्वोपरि पुण्यवान होते हुए भी आपको इतना दुःख क्यों सहन करना पड़ता है ?" युधिष्ठिर ने उत्तर दिया, "राजपुत्री ! देखो, यह हिमालय कैसा भव्य और सुंदर है। यह मुझे कुछ नहीं देता; पर मेरा स्वभाव ही ऐसा है कि मैं भव्य और सुन्दर वस्तु से प्रेम करता हूँ और इसी कारण मैं इससे प्रेम करता हूँ। उसी प्रकार मैं ईश्वर से प्रेम करता हूँ। वह अखिल सौन्दर्य, समस्त सुषमा का मूल है।

वही एक ऐसा पात्र है, जिससे प्रेम करना चाहिए। उससे प्रेम करना मेरा स्वभाव है और इसलिए मैं उससे प्रेम करता हूँ। मैं किसी बात के लिए उससे प्रार्थना नहीं करता, मैं उससे कोई वस्तु नहीं माँगता। उसकी जहाँ इच्छा हो, मुझे रखे। मैं तो सब अवस्थाओं में केवल प्रेम के लिए ही उससे प्रेम करना चाहता हूँ, मैं प्रेम में सौदा नहीं कर सकता।" (वनपर्व 31/2-5)

इसी संदर्भ में विनोबा भावे की एक उक्ति भी विचारणीय है :

> "सकाम भक्ति करने वाला यानी क्या ? कुछ इच्छा मन में रख कर, भगवान के पास जाने वाला। मैं उसकी यह कहकर निन्दा नहीं करूँगा कि यह भक्ति निकृष्ट प्रकार की है। बहुत लोग सार्वजनिक सेवा क्षेत्र में इसलिए कूदते हैं कि मान-सम्मान मिले। इसमें हर्ज क्या है ? आप उन्हें खूब मान दीजिए। मान देने से कुछ बिगड़ेगा नहीं। ऐसा मान मिलते रहने से आगे सार्वजनिक सेवा में वे सुस्थिर हो जाएँगे। फिर उसी काम में उन्हें आनन्द मालूम होने लगेगा। मान पाने की जो इच्छा होती है, उसका भी अर्थ आखिर क्या है ? यही कि उस सम्मान से हमें विश्वास हो जाता है कि जो काम हम करते हैं, वह उत्तम है। मेरी सेवा अच्छी या बुरी, यह समझने के लिए, जिसके पास कोई आंतरिक साधन नहीं है, वह उस बाह्य साधन का सहारा लेता है। माँ ने बच्चे की पीठ ठोंककर कहा, 'शाबाश', तो उसकी तबियत होती है कि माँ का और भी काम करूँ। यही बात सकाम भक्त की है। सकाम भक्त सीधा परमेश्वर के पास जाकर कहेगा। 'दो।' सब कुछ परमेश्वर से माँगना कोई मामूली बात नहीं। यह असाधारण बात है। ऐसे लोग बहुत हैं, जो घर में स्त्री न होने से रोते हैं। परन्तु परमेश्वर के पास जाकर रोने वाला भक्त सकाम भले ही हो, असाधारण है। अब यह उसका अज्ञान समझना चाहिए कि जो वस्तु माँगने योग्य है, उसे वह नहीं माँगता। परंतु इसलिए उसकी सकाम भक्ति त्याज्य नहीं मानी जा सकती।" (विनोबा-साहित्य, भाग-3, पृ० 73 संस्करण, 1994, परंधाम प्रकाशन, वर्धा)

पर बात तो हम आत्मा की कर रहे थे। आत्मा, जो दिव्य-रूप है, किन्तु पंचभूतों के बंधन में फँस गई है और उन बंधनों के टूटने पर, वह अपनी पूर्णता को प्राप्त कर लेगी। इस अवस्था का नाम मुक्ति है, जिसका अर्थ है—स्वाधीनता, अपूर्णता के बंधनों से छुटकारा ! जन्म-मृत्यु के चक्र से स्वच्छंदता। तो क्या हम मुक्त और स्वच्छंद हो सकते हैं ? यदि हो सकते हैं, तो उसका मार्ग क्या है ? विधि क्या है ? उपाय क्या है ?...उपनिषदों के अधिकार पर स्वामीजी कहते हैं कि यह बंधन केवल

ईश्वर की दया से ही टूट सकता है और प्रभु की यह दया पवित्र लोगों को ही प्राप्त होती है। अतएव पवित्रता ही उसके अनुग्रह की प्राप्ति का एकमात्र उपाय है।

अर्थ यह हुआ कि उसके अनुग्रह की किरणें तो सारी सृष्टि पर पड़ रही हैं। हम पर भी पड़ रही हैं।...किन्तु यदि हमारे मन के दर्पण पर इतनी धूल पड़ी हो कि उसमें उसका प्रतिबिंब बन ही न सके, तो उसे कुछ नहीं करना, करना हमें ही है। अपने मैल को दूर करना होगा। दर्पण साफ करना होगा।...रामकृष्ण परमहंस, एक कहानी सुनाया करते थे कि एक गाँव में पद्म नाम का एक लड़का था, जो बकरियाँ चराया करता था। गाँव के बाहर एक पुराना, टूटा-फूटा मंदिर था, जो बहुत दिनों से बंद था। एक दिन पद्म उसमें जा घुसा और उसने शंख उठाकर जोरों से फूँक दिया। गाँव वाले शंख-ध्वनि सुनकर दौड़ते चले आए कि शायद मंदिर में प्रतिमा की स्थापना हुई है। वहाँ इस प्रकार पद्म को शंख बजाते देखकर वे रुष्ट हुए। बोले, "अरे मूर्ख ! पहले मंदिर की सफाई की जाती है। जाले हटाए जाते हैं। मल निकाला जाता है। बिल्ली, कुत्तों और चमगादड़ों से मंदिर को मुक्त किया जाता है, तब भक्ति का शंख फूँका जाता है।" अर्थात् पहले मन-मंदिर को पवित्र किया जाता है, तो ही वहाँ भगवान प्रकट होते हैं।

> "वह पवित्र हृदय में स्वयं को प्रकाशित करता है। पवित्र और निर्मल मनुष्य, इसी जीवन में ईश्वर-दर्शन प्राप्त कर कृतार्थ हो जाता है। तब उसकी समस्त कुटिलता नष्ट हो जाती है, सारे संदेह दूर हो जाते हैं।" (मुंडकोपनिषद् 2/2-8)

तब मनुष्य कार्य-कारण के भयावह नियम के हाथ का खिलौना नहीं रह जाता। स्वामीजी कहते हैं कि हिन्दू शब्दों और सिद्धांतों के जाल में जीना नहीं चाहता। यदि इन साधारण इंद्रिय-संवेद्य विषयों के परे और भी कोई सत्ता है, तो वह उसका प्रत्यक्ष अनुभव करना चाहता है। यदि उसमें कोई आत्मा है, जो जड़ पदार्थ नहीं है, यदि कोई दयामय सर्व-व्यापी विश्वात्मा है, तो वह उसका साक्षात्कार करेगा। वह उसे अवश्य देखेगा और मात्र उसी से उसकी समस्त शंकाएँ दूर होंगी। अतः ऋषि, आत्मा और ईश्वर के विषय में सर्वोत्तम प्रमाण यही देता, 'मैंने आत्मा के दर्शन किए; मैंने ईश्वर के दर्शन किए हैं।' और यही पूर्णत्व की एकमात्र शर्त है।...

मित्र हों, संबंधी हों, परिचित हों... अनेक बार प्रशंसा करते हैं, सराहते हैं। कभी-कभी मेरी उपस्थित में, मेरे मुख पर ही इतना बखान करते हैं कि संकोच के मारे कहना पड़ता है कि 'रहने ही दो।'...और कितनी ही बार, थोड़ रोष भी जन्म लेता है कि ये कैसे मित्र हैं...

एक मित्र ने किसी से परिचय कराया, "ये हमारे मित्र हैं, नरेन्द्र कोहली ! बहुत बड़े लेखक हैं।"

जिनसे परिचय करवाया था, उन्होंने कभी मेरा नाम भी नहीं सुना था। यही बात मैंने अपने मित्र से कह दी, "यदि मैं सचमुच बड़ा लेखक होता, तो वे मेरे नाम से परिचित होते। परिचित नहीं हैं, इसलिए मैं बड़ा लेखक नहीं हूँ।"

मित्र हँसे, "आप बड़े लेखक हैं, हम यह जानते हैं।"

"आप कैसे जानते हैं ?" यह मेरी जिज्ञासा कम, आपत्ति अधिक थी, "क्या आपने मेरी पुस्तकें पढ़ी हैं ?"

"नहीं ! पढ़ी तो नहीं हैं; किन्तु हम मानते हैं कि आप बड़े लेखक हैं।"

मैं अपने उन मित्र से न तब सहमत हो सका था, न आज हो सकता हूँ। कैसे मित्र हैं वे, कैसे पाठक और सत्यान्वेषक कि मानते हैं, किन्तु न जानते हैं, न जानने का प्रयत्न करते हैं।

ठीक उसी प्रकार अपने संबंधियों में जब चर्चा होती है, तो कहा जाता है कि ये बहुत बुद्धिमान हैं, विद्वान हैं; किन्तु जब कभी मतभेद का अवसर आया और मैंने उनकी इच्छा के विरुद्ध परामर्श दिया तो, उत्तर मिला, "रहने दो अपनी पंडिताई। हमें इसी समाज में जीना है। तुम्हारी बात पर चले, तो जी चुके हम !"

सोचता हूँ कैसी है मेरी विद्वत्ता और कैसा है मेरा ज्ञान, जिसका लाभ कोई नहीं उठाना चाहता; उल्टे मुझे चतुराई के परामर्श दिए जाते हैं। वे मुझे विद्वान कहते भर हैं, संभवतः कहीं मानते भी हों; किन्तु मेरे बताए मार्ग पर चलना नहीं चाहते। मुझे अपने जीवन में न उतरने की अनुमति देते हैं, न उतारना चाहते हैं।

मैं जानता हूँ कि यह सब उनका पाखंड मात्र है। वे मुझे बुद्धिमान समझते, तो मेरी बात मानते; लेखक समझते, तो मेरी पुस्तकें पढ़ते। वे केवल जताना चाहते हैं, सचमुच मुझे वह सब मानते नहीं। अतः इस पाखंड से रोष पनपता है, मेरे मन में। क्या यही व्यवहार हम ईश्वर के साथ नहीं कर रहे ? उसकी स्तुति भर कर देते हैं। उसे मान लेते हैं। उसमें आस्था प्रकट करते हैं।...किन्तु न उसे जानने का प्रयत्न करते हैं, न उसके निकट जाने का। न उसे देखने का, न पाने का। न उसमें ढलने का, न उसके जैसा होने का। तो फिर वह क्यों मान ले कि हम उससे प्रेम करते हैं, उसके अनुगत हैं, उसके अनुचर हैं ?

हिन्दू धर्म किसी एक सिद्धांत अथवा मत-मतांतर में विश्वास करने के लिए संघर्ष और प्रयत्न में नहीं, ईश्वर के साक्षात्कार में निहित है। वह ईश्वर में केवल विश्वास कर लेना नहीं, वही हो जाना, वही बन जाना है। हिन्दुओं की साधना-प्रणाली का लक्ष्य है–सतत् अध्यवसाय द्वारा पूर्ण बन जाना, दिव्य बन जाना। ईश्वर को प्राप्त करना, उसके दर्शन करना, उस स्वर्गस्थ पिता के समान पूर्ण हो जाना–हिन्दुओं का धर्म है और जब मनुष्य पूर्णत्व को प्राप्त कर लेता है, तब उसका क्या होता है ? तब वह असीम परमानन्द का जीवन व्यतीत करता है। जिस एकमात्र वस्तु में मनुष्य

को सुख पाना चाहिए, उसे—अर्थात् ईश्वर को—पाकर, वह परम तथा असीम आनन्द का भोग करता है और ईश्वर के साथ भी परमानन्द का आस्वादन करता है।

तो उस 'पूर्ण' का स्वरूप क्या है ? स्वामीजी कहते हैं कि 'पूर्ण' सर्वथा निरपेक्ष (ABSOLUTE) होता है और निरपेक्ष, दो या तीन नहीं हो सकते। उसमें कोई गुण नहीं हो सकता; वह व्यक्ति नहीं हो सकता। अतः जब आत्मा पूर्ण और निरपेक्ष हो जाती है, तब वह ब्रह्म के साथ एक हो जाती है और वह ईश्वर को, केवल अपने ही स्वरूप की पूर्णता, सत्यता और सत्ता के रूप में—परम सत्, परम चित्, परम आनन्द के रूप में—प्रत्यक्ष करती है।

> "यदि इस एक क्षुद्र शरीर की चेतना से इतना आनन्द होता है, तो दो शरीरों की चेतना का आनन्द अधिक होना चाहिए और इसी तरह क्रमशः अनेक शरीरों की चेतना के साथ-साथ आनन्द की मात्रा भी अधिकाधिक बढ़नी चाहिए और विश्व-चेतना का बोध होने पर आनन्द की परम अवस्था प्राप्त हो जाएगी। अतः उस असीम विश्व-व्यक्त्वि की प्राप्ति के लिए इस 'कारा स्वरूप, दुखमय क्षुद्र व्यक्तित्व' का अंत होना चाहिए। जब मैं 'प्राण-स्वरूप' से एक हो जाऊँगा, तभी मृत्यु के चंगुल से मेरा छुटकारा हो सकता है; जब मैं 'आनन्द-स्वरूप' हो जाऊँगा, तभी दुःख का अंत हो सकता है; जब मैं 'ज्ञान-स्वरूप' हो जाऊँगा, तभी सब अज्ञान का अंत हो सकता है। यह अनिवार्य वैज्ञानिक निष्कर्ष है। विज्ञान ने सिद्ध कर दिया है कि हमारा यह भौतिक व्यक्तित्व भ्रम मात्र है, वास्तव में मेरा यह शरीर एक अविचिछन्न जड़ सागर में, सदा परिवर्तित होता रहने वाला एक क्षुद्र पिंड है और मेरे दूसरे पक्ष—आत्मा के संबंध में अद्वैत ही अनिवार्य निष्कर्ष है।"

सामान्यतः विज्ञान, विश्लेषण और विभाजन करता हुआ ही दिखाई देता है; किन्तु यह उसका बाह्य रूप है। आंतरिक रूप से वह भी मूलभूत एकता का ही संधान कर रहा है। स्वामीजी कहते हैं :

> "विज्ञान, एकत्व की खोज के सिवा और कुछ नहीं है। ज्यों ही, कोई विज्ञान पूर्ण एकता तक पहुँच जाएगा, त्यों ही उसकी प्रगति रुक जाएगी; क्योंकि तब वह अपने लक्ष्य को प्राप्त कर लेगा। उदाहरणार्थ रसायनशास्त्र यदि एक बार उस एक मूल तत्त्व का पता लगा ले, जिससे और सब द्रव्य बन सकते हैं, तो फिर वह और आगे नहीं बढ़ सकेगा। भौतिकी, जब उस एक मूल शक्ति का पता लगा लेगी, अन्य

> शक्तियाँ जिसकी अभिव्यक्ति हैं, तब वह वहीं रुक जाएगी। वैसे ही धर्म शास्त्र भी उस समय पूर्णता को प्राप्त कर लेगा, जब वह उसको खोज लेगा, जो मृत्यु के इस लोक में एकमात्र जीवन है, जो इस परिवर्तनशील जगत् का शाश्वत आधार है, जो एकमात्र परमात्मा है, अन्य सब आत्माएँ जिसकी प्रतीयमान अभिव्यक्तियाँ हैं। इस प्रकार अनेकता और द्वैत में होते हुए, उस परम अद्वैत की प्राप्ति होती है। धर्म इससे आगे नहीं जा सकता। यही समस्त विज्ञानों का चरम लक्ष्य है।"

हिन्दू धर्म के संदर्भ में यहाँ तक स्वामीजी ने दर्शन की चरम ऊँचाई की चर्चा की है; किन्तु लोक-व्यवहार में हमें धर्म का यह रूप दिखाई नहीं देता। जो दिखाई देता है, उसे वे 'ज्ञानरहित लोगों का धर्म' कहते हैं।

> "यह मैं आरंभ में ही आपको बता देना चाहता हूँ कि भारतवर्ष में अनेकेश्वरवाद नहीं है और न एकदेववाद से ही इस स्थिति की व्याख्या हो सकती है। 'गुलाब को चाहे दूसरा कोई भी नाम क्यों न दे दिया जाए, पर वह सुगन्ध तो वैसी ही मधुर देता रहेगा।' नामों से किसी चीज का स्पष्टीकरण नहीं होता।"

इसी प्रसंग में स्वामी जी अपने बचपन की एक घटना सुनाते हैं :

> "एक ईसाई पादरी भीड़ जमा करके धर्मोपदेश कर रहा था। अनेक रोचक बातों के साथ वह पादरी यह भी कह गया, 'यदि मैं तुम्हारी देव-मूर्ति को एक डंडा लगाऊँ, तो वह मेरा क्या कर सकती है ?' एक श्रोता ने तत्काल कहा, 'यदि मैं तुम्हारे ईश्वर को गाली दे दूँ, तो वह मेरा क्या कर सकता है ?' पादरी बोला, 'मरने के बाद वह मुझे दंडित करेगा।' हिन्दू भी तनकर बोल उठा, 'तुम मरोगे तो मेरी देवमूर्ति भी तुम्हें उसी प्रकार दंडित करेगी।"

लोक-व्यवहार में आने वाले धर्म को यद्यपि वे 'ज्ञानरहित लोगों का धर्म' कहते हैं; किन्तु उसे हीन नहीं मानते। सनातन धर्म पर अन्य धर्मों के प्रचारकों ने अधिकांश आरोप मूर्ति-पूजा को लेकर ही लगाए हैं। ब्राह्म-धर्म के प्रभाव में स्वामीजी ने भी काफी समय तक मूर्ति-पूजा का विरोध कियां था; किन्तु स्वयं परमहंस मूर्ति-पूजक थे। कदाचित् अपने गुरु को ही ध्यान में रखकर स्वामीजी ने कहा था :

> "वृक्ष अपने फलों से जाना जाता है। जब मूर्तिपूजक कहे जाने वाले लोगों में मैं ऐसे मनुष्य को पाता हूँ, जिनकी नैतिकता, आध्यात्मिकता

और प्रेम अपना सानी नहीं रखते, तब मैं रुक जाता हूँ और स्वयं से यही पूछता हूँ, 'क्या पाप से भी पवित्रता की उत्पत्ति हो सकती है ?''

कदाचित् मूर्ति-पूजा को कुछ लोगों ने अंध-विश्वास भी कहा है। उसी संदर्भ में स्वामीजी ने कहा :

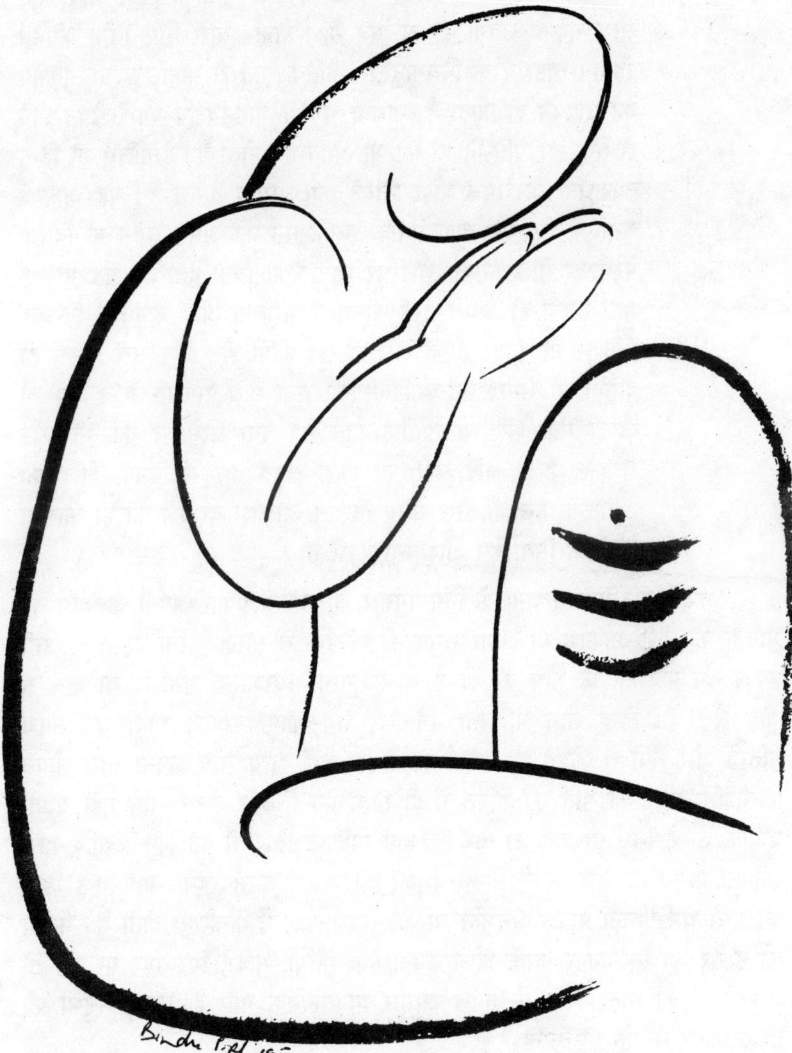

"अंधविश्वास मनुष्य का महान् शत्रु है, पर धर्मांधता तो उससे भी बढ़कर है। ईसाई गिरजाघर क्यों जाता है ? क्रूस क्यों पवित्र है ? प्रार्थना के समय आकाश की ओर मुँह क्यों किया जाता है ? कैथोलिक ईसाइयों के गिरजाघरों में इतनी मूर्तियाँ क्यों रहा करती हैं? और प्रोटेस्टेंट ईसाइयों के मन में प्रार्थना के समय इतनी मूर्तियाँ क्यों रहा करती हैं ? मेरे भाइयो ! मन में किसी मूर्ति के बिना आए, कुछ सोच सकना उतना ही असंभव है, जितना श्वास लिए बिना जीवित रहना। साहचर्य के नियमानुसार भौतिक मूर्ति से मानसिक भाव-विशेष का उद्दीपन हो जाता है, अथवा मन में भाव-विशेष का उद्दीपन होने से तद्नरूप मूर्ति-विशेष का भी आविर्भाव होता है। इसीलिए तो हिन्दू आराधना के समय बाह्य प्रतीक का उपयोग करता है। वह आपको बताएगा कि यह बाह्य प्रतीक उसके मन को अपने ध्यान के विषय, परमेश्वर में, एकाग्रता से स्थिर रहने में सहायता देता है। वह भी यह बात उतनी ही अच्छी तरह जानता है, जितना आप जानते हैं कि वह मूर्ति न तो ईश्वर ही है और न सर्व-व्यापी ही। और सच पूछिए तो दुनिया के लोग 'सर्व-व्यापित्व' का क्या अर्थ समझते हैं ? वह तो केवल एक शब्द या प्रतीक मात्र है। क्या परमेश्वर का भी कोई क्षेत्रफल है ? यदि नहीं, तो जिस समय हम सर्व-व्यापी शब्द का उच्चारण करते हैं, उस समय विस्तृत आकाश या देश की ही कल्पना करने के सिवा हम और क्या करते हैं ?

"अपनी मानसिक संरचना के नियमानुसार, हमें किसी प्रकार अपनी अनंतता की भावना को नीले आकाश या अपार समुद्र की कल्पना से संबद्ध करना पड़ता है; उसी प्रकार हम पवित्रता के भाव को अपने स्वभावानुसार गिरजाघर, मसजिद या क्रूस से जोड़ लेते हैं। हिन्दू लोग पवित्रता, नित्यत्व, सर्व-व्यापित्व आदि भावों का संबंध मूर्तियों और रूपों से जोड़ते हैं। अंतर यह है कि जहाँ अन्य लोग अपना सारा जीवन किसी गिरजाघर की मूर्ति की भक्ति में ही बिता देते हैं और उससे आगे नहीं बढ़ते; क्योंकि उनके लिए तो धर्म का अर्थ है, कुछ विशिष्ट सिद्धांतों को अपनी बुद्धि द्वारा स्वीकृत कर लेना और अपने मानव-बंधुओं की भलाई करते रहना—वहाँ एक हिन्दू की सारी धर्म-भावना प्रत्यक्ष अनुभूति या आत्मसाक्षात्कार में केन्द्रीभूत होती है। मनुष्य को ईश्वर का साक्षात्कार करके दिव्य बनना है। मूर्तियाँ, मंदिर, गिरजाघर या ग्रंथ तो धर्म-जीवन की बाल्यावस्था में केवल आधार या सहायक मात्र हैं; किन्तु मनुष्य को तो उत्तरोत्तर उन्नति ही करनी है।

"मनुष्य को कहीं रुकना नहीं चाहिए। शास्त्र का वाक्य है कि 'बाह्य पूजा या मूर्ति पूजा सबसे आरंभिक अवस्था है; आगे बढ़ने का प्रयास करते समय मानसिक प्रार्थना, साधना की दूसरी अवस्था है और उच्चतम अवस्था तो वह है, जब परमेश्वर का साक्षात्कार हो जाए।' (महानिर्वाण तंतु 4/12) वही अनुरागी साधक, जो पहले मूर्ति के सामने प्रणत रहता था, अब कह रहा है, 'सूर्य उस परमात्मा को प्रकाशित नहीं कर सकता, न चंद्रमा या तारागण ही; वह विद्युत-प्रभा भी परमेश्वर को उद्‌भासित नहीं कर सकती, तब इस सामान्य अग्नि की बात ही क्या। वे सब उसी परमेश्वर के कारण प्रकाशित होते हैं।' (कठोपनिषद् 2/2/15) पर वह किसी मूर्ति को गाली नहीं देता; और न ही उसकी पूजा को पाप ही बताता है। वह तो उसे जीवन की एक आवश्यक अवस्था जानकर उसको स्वीकार करता है। बालक ही मनुष्य का जनक है—तो क्या वह किसी वृद्ध पुरुष द्वारा शैशव अथवा युवावस्था को पाप कहना उचित होगा ? यदि कोई मनुष्य अपने दिव्य स्वरूप को मूर्ति की सहायता से अनुभव कर सकता है, तो क्या उसे पाप कहना ठीक होगा और जब वह उस अवस्था के परे पहुँच गया है, तब भी उसके लिए मूर्ति पूजा को भ्रमात्मक कहना उचित नहीं है। हिन्दू की दृष्टि में मनुष्य भ्रम से सत्य की ओर नहीं जा रहा है, वह सत्य से सत्य की ओर जा रहा है, निम्न श्रेणी के सत्य से उच्च श्रेणी के सत्य की ओर अग्रसर हो रहा है। हिन्दू के मतानुसार निम्नतम जड़पूजावाद से लेकर सर्वोच्च ब्रह्मवाद तक जितने धर्म हैं, वे सभी अपने-आपको जन्म तथा साहचर्य की अवस्था द्वारा निर्धारित होकर, उसक असीम के ज्ञान तथा उपलब्धि के निमित्त मानवता के विविध प्रयत्न हैं और यह प्रत्येक प्रयत्न उन्नति की एक अवस्था को सूचित करता है। प्रत्येक जीव उस युवा गरुड़ पक्षी के समान है जो धीरे-धीरे ऊँचा उड़ता हुआ तथा अधिकाधिक शक्ति-संपादन करता हुआ, अंत में उस भास्वर सूर्य तक पहुँच जाता है।"

स्वामीजी ने कहा, कोई मनुष्य पापी नहीं है, कोई मनुष्य हीन अथवा अक्षम नहीं है; बस कोई आगे चल रहा है कोई पीछे। जैसे प्रत्येक शिशु के विषय में सत्य है कि वह पूर्ण रूप से विकसित मनुष्य बनेगा; वैसे ही प्रत्येक साधक के विषय में सत्य है कि वह ईश्वर का साक्षात्कार करेगा। किन्तु प्रकृति एक रूप नहीं है; वह सहस्रों रूप में स्वयं को प्रकट करती है। उसके केवल एक रूप को स्वीकार करना, शेष का

निषेध करना है। नगर में अनेक उद्यान हों और हम केवल नागफनी को ही प्रकृति का रूप मानते रहें, यह उचित नहीं है।

> ''अनेकता में एकता प्रकृति का विधान है और हिन्दू ने इसे स्वीकार किया है। अन्य प्रत्येक धर्म में कुछ निर्दिष्ट मतवाद विधिबद्ध कर दिए गए हैं और सारे समाज को उन्हें मानना अनिवार्य कर दिया जाता है। वह समाज के सामने केवल एक कोट रख लेता है, जो जैक, जॉन और हैनरी सभी को ठीक होना चाहिए। यदि वह जॉन या हैनरी के शरीर के नाप का नहीं है, तो उसे बिना कोट के ही रहना होगा। हिन्दुओं ने यह जान लिया है कि निरपेक्ष (ABSOLUTE) ब्रह्म तत्त्व का साक्षात्कार चिंतन या वर्णन केवल सापेक्ष (RELATIVE) के सहारे ही हो सकता है और मूर्तियाँ, क्रूस या नवोदित चंद्र केवल विभिन्न प्रतीक हैं, वे मानो बहुत-सी खूँटियाँ हैं, जिनमें धार्मिक भावनाएँ लटकाई जाती हैं। ऐसा नहीं है कि इन प्रतीकों की आवश्यकता हर एक के लिए हो; किन्तु जिनको अपने लिए इन प्रतीकों की सहायता की आवश्यकता नहीं है, उन्हें यह कहने का अधिकार नहीं है कि वे प्रतीक गलत हैं। हिन्दू धर्म में भी, वे प्रतीक अनिवार्य नहीं हैं।''

इतिहास ने देखा है कि जब कोई समुदाय, समाज या संप्रदाय स्वयं को अन्य लोगों से भिन्न घोषित करता है, तो छिपे भाव से स्वयं को अन्य लोगों से श्रेष्ठ भी मानने लगा है। इसमें अन्य संप्रदायों की भौतिक हानि हो तो हो, आध्यात्मिक हानि नहीं है। जो स्वयं को पृथक् मानता है, वह स्वयं को पूर्ण मानवता से काटकर संकीर्ण बना रहा है और स्वयं को श्रेष्ठतर मानकर अपने अहंकार को स्फीत कर आध्यात्मिक धरातल पर पतित हो रहा है। परेशानी तब पैदा होती है, जब वह स्वयं को पृथक् और श्रेष्ठ मानकर यह समझने लगता है कि अन्य लोग न केवल हीन हैं, वरन् उसके शत्रु हैं; अतः उसे अधिकार है कि उन लोगों की हत्या कर दे। ऐसे विचार आध्यात्मिक नहीं हो सकते : ये सांसारिक विचार तमोन्मुखी रजोगुण से उत्पन्न हुए हैं:

> ''भारतवर्ष में मूर्तिपूजा कोई जघन्य बात नहीं है। वह व्यभिचार की (HARLOTS) की जननी नहीं है; वरन् वह अविकसित मन के लिए उच्च आध्यात्मिक भाव को ग्रहण करने का उपाय है। हिन्दुओं में बहुतेरे दोष हैं। उनके कुछ अपने अपवाद (EXCEPTIONS) हैं; किन्तु उनके वे दोष अपने शरीर को ही उत्पीड़ित करने तक सीमित

हैं, वे कभी अपने पड़ोसियों का गला काटने नहीं जाते। एक हिन्दू धर्मांध, भले ही अपने-आपको चिता पर जला डाले; पर वह विधर्मियों को जलाने के लिए परीक्षण और धर्म-न्यायाधिकरण (INQUISITIONS) की अग्नि कभी भी प्रज्वलित नहीं करेगा और इस बात के लिए उसके धर्म को उससे अधिक दोषी नहीं ठहराया जा सकता, जितना डायनों को जलाने का दोष ईसाई धर्म पर मढ़ा जा सकता है।

''अतः हिन्दुओं की दृष्टि में समस्त धर्म-जगत् भिन्न-भिन्न रुचि वाले स्त्री-पुरुषों की विभिन्न अवस्थाओं एवं परिस्थितियों में से होते हुए एक ही लक्ष्य की ओर यात्रा है, प्रगति है। प्रत्येक धर्म जड़ भावापन्न मानव से एक ईश्वर का उद्भव कर रहा है और वही एक ईश्वर उन सबका प्रेरक है। तो फिर इतने परस्पर विरोध क्यों हैं ? हिन्दुओं का कहना है कि ये विरोध केवल आभासी हैं। उनकी उत्पत्ति सत्य के द्वारा भिन्न अवस्थाओं और प्रकृतियों के अनुरूप अपना समायोजन करते समय होती है।

''वही एक ज्योति भिन्न-भिन्न रंग के काँच में से भिन्न-भिन्न रूप से प्रकट होती है। समायोजन के लिए इस प्रकार की अल्पविविधता आवश्यक है। परंतु प्रत्येक को अंतःस्थल में उसी सत्य का राज्य है। ईश्वर ने अपने कृष्णावतार में हिन्दुओं को यह उपदेश दिया है : 'प्रत्येक धर्म में मैं मोती की माला में सूत्र की तरह पिरोया हुआ हूँ।' 'जहाँ भी तुम्हें मानव-सृष्टि को उन्नत बनाने वाली और पावन करने वाली अतिशय पवित्रता और असाधारण शक्ति दिखाई दे, तो जान लो कि वह मेरे तेज के अंश से ही उत्पन्न हुई है।' (गीता 10/41) इस शिक्षा का परिणाम क्या हुआ है ? सारे संसार में मेरी यह चुनौती है कि वह समग्र संस्कृत-दर्शनशास्त्र में, मुझे एक ऐसी उक्ति दिखा दे, जिसमें यह बताया गया हो कि केवल हिन्दुओं का ही उद्धार होगा और दूसरों का नहीं। व्यास कहते हैं, 'हमारी जाति और संप्रदाय की सीमा के बाहर भी पूर्णत्व तक पहुँचे हुए मनुष्य हैं।' (वेदांत सूत्र 3/4/36) एक बात और है, ईश्वर में ही अपने सभी भावों को केन्द्रित करने वाला हिन्दू अज्ञेयवादी बौद्ध धर्म और निरीश्वरवादी जैन धर्म पर कैसे श्रद्धा रख सकता है ?''

सचमुच यह महत्त्वपूर्ण प्रश्न है; किन्तु इस पर विचार किए बिना कोई गति भी नहीं है। जैन और बौद्ध समाजों के साथ हिन्दू धर्म के संबंधों को परिभाषित करना आवश्यक है। इसीलिए स्वामीजी ने कहा :

''यद्यपि बौद्ध और जैन ईश्वर पर निर्भर नहीं रहते, तथापि उनके धर्म की पूरी शक्ति प्रत्येक धर्म के महान् केन्द्रीय सत्य—मनुष्य, में

ईश्वरत्व के विकास की ओर उन्मुख है। उन्होंने पिता को भले न देखा हो, पर पुत्र को अवश्य देखा है और जिसने पुत्र को देख लिया, उसने पिता को भी देख लिया।"

हिन्दू धर्म की संक्षिप्त रूप-रेखा प्रस्तुत कर विवेकानन्द ने सार्वभौमिक धर्म के प्रश्न को उठाया है। वे कहते हैं :

> "यदि कभी कोई सार्वभौमिक धर्म होना है, तो वह किसी देश या काल से सीमाबद्ध नहीं होगा, वह उस असीम ईश्वर के सदृश्य ही असीम होगा, जिसका वह उपदेश देगा; जिसका सूर्य श्रीकृष्ण और ईसा के अनुयायियों पर, संतों पर और पापियों पर समान रूप से प्रकाश विकीर्ण करेगा, जो न तो ब्राह्मण होगा, न बौद्ध, न ईसाई, न इस्लाम वरन् इन सबकी समष्टि होगा; किन्तु फिर भी जिसमें विकास के लिए अनन्त अवकाश होगा, जो इतना उदार होगा कि पशुओं के स्तर से किंचित् उन्नत, निकृषृतम घृणित जंगली मनुष्य से लेकर, अपने हृदय और मस्तिष्क के गुणों के कारण मानवता से ऊपर उठ गए, उच्चतम मनुष्य जिसके प्रति सारा समाज श्रद्धावनत हो जाता है और लोग जिसके मनुष्य होने में संदेह करते हैं, तक को अपने बाहुओं से आलिंगन कर सके और उनमें सबको स्थान दे सके। वह धर्म ऐसा होगा, जिसकी रीति में उत्पीड़न या असहिष्णुता का स्थान नहीं होगा। वह प्रत्येक स्त्री और पुरुष में दिव्यता को स्वीकार करेगा और उसका संपूर्ण बल और सामर्थ्य, मानवता को अपनी सच्ची, दिव्य प्रकृति का साक्षात्कार कराने के लिए सहायता देने में ही केन्द्रित होगा।"

स्वामी विवेकानन्द ने यह सब कहा था और सारे संसार ने सुना था; किन्तु उनकी कही हुई बातों को मैं क्यों दोहरा रहा हूँ ?...मैं तो अपनी स्मरण शक्ति के क्षीण होने की चर्चा कर रहा था। बीच में मैं कहीं भटक गया था क्या ? नहीं ! शायद भटका नहीं हूँ। चर्चा का यह मोड़ भी अपने आपमें पूर्णतः सार्थक है। स्वामीजी की कही हुई बातों को ही दोहराना-तेहराना क्या—हमें तो प्रत्येक श्रेष्ठ वचन को स्मरण रखने के लिए बार-बार उसकी आवृत्ति करने की आवश्यकता है। मैं कह रहा था, कि मेरी वृद्धावस्था आ रही है, अतः मैं बहुत कुछ भूलने लगा हूँ; किन्तु हमारा समाज तो वृद्ध नहीं हो गया है कि वह अपनी परंपरा और इतिहास को भूलने लगे; अपने चिंतन और ज्ञान का स्मरण न रख पाए और अपने आदर्शों तथा सिद्धांतों

को विस्मृत कर दे।...यहाँ तो स्थिति एकदम ही विपरीत है। वह वृद्धावस्था के कारण अपनी स्मरण शक्ति नहीं खोएगा; वरन् अपनी परंपरा और जातीय इतिहास को विस्मृत कर देगा, तो वृद्ध ही नहीं हो जाएगा, मरण का भी वरण करेगा।...उसे अपना यौवन बनाए रखना है, अजर-अमर बने रहना है, तो उसे अपनी स्मरण शक्ति की रक्षा करनी ही होगी; अपने ज्ञान और संस्कार को याद रखना ही होगा। इसीलिए कहता हूँ, स्वामीजी को विचारों की प्रत्येक आवृत्ति हमारे लिए एक नई उपलब्धि होती है; क्योंकि वह हमारी आयु को दीर्घ बनाने के लिए कुछ नए श्वासों को जन्म देती है।

संदर्भ

1. ''I saw scores of women, walking over the benches to get nearer to him and I said to myself, 'well my lad, if you can resist that onslauhgt. you are indeed a God.''' Mrs. S.K. Blodgett.
   The life of Swami Vivekananda, Vol. I, p. 418.
   Ed. 1979, Advaita Ashram, Calcutta.

2. ''Dear Mrs. Lyon, you American mother of mine. Do not be afraid for me. It is true, I often sleep under a banyan tree, with a bowl of rice, given to me by a kindly peasant, but it is equally true that I also am sometimes the guest in,.the palace of a great maharajah and slave-girl is appointed to wave a peacock-feather fan over me all night long. I am used to temptation and you need not fear for me.''
   Ibid. Vol.I p. 445.

3. ''Madam, I am a Sannyasin; what is marriage to me. To me all women are as my mother.'' Life of swami Vivekananda, Vol. I. p. 446.

4. (क) ''जयति रणधीर, रघुवीरहित, देवमणि, रुद्र-अवतार, संसार पाता।''
   (ख) ''जयति रुद्राग्रणी।'' (विनय पत्रिका)।

5. Life of Swami Vivekananda (His eastern and western disciples) Ed. Aug. 1979.

6. A Comprehensive Biography of Swami Vivekananda, part I
   page. 45, Edition : January 1990.

7. (a) ''In 1901 the Indian National Congress met in Calcutta, its session Commencing on Dec. 23. Scores of delegates from different

provinces availed themselves of opportunity to visit the monastery and pay their homage to the Swamy, whom they regarded as the Patriot-Saint of Modern India. He often spoke with them in Hindi instead of in English, and invariably made a great impression on them.'' The life of Swami vivekananda (E.rw. Disciple,) p. 6,4. Vol.2.

(b) ''With regards to these meetings the editor of Lucknow 'Advocate' wrote, 'When we last saw him in Calcutta, during the Congress session, he was eloquently talking in pure and chaste Hindi, which would do credit, to any upper Indian,...'' Ibid., p. 614.

माया की सृष्टि

रामकृष्ण परमहंस ने विवेकानन्द को, जब वे अभी नरेन्द्रनाथ दत्त ही थे, वेदान्त सम्बन्धी कुछ पुस्तकें पढ़ने को दी थीं। उस समय तक ब्राह्म विचारधारा को मानने वाले नरेन्द्रनाथ दत्त को वेदान्त एक विचित्र दर्शन लगा, जिसमें ऋषि अन्ततः स्वयं को ही ब्रह्म कहने लगता है। वे भक्ति मार्ग में चल रहे थे; इसलिए उन्हें यह विचार-धारा पर्याप्त हास्यास्पद लगी थी। वे दक्षिणेश्वर में रामकृष्ण परमहंस के कक्ष के निकट ही, एक दूसरे कक्ष में एक अन्य व्यक्ति के साथ मिल कर, वेदान्त का उपहास कर रहे थे; 'यह लोटा भी ब्रह्म है।' 'यह हुक्का भी ब्रह्म है।' इत्यादि। परमहंस ने अपने कक्ष में से उनकी यह बात सुनी और उन्होंने अर्ध-समाधि-अवस्था में आकर नरेन्द्रनाथ दत्त को स्पर्श किया। नरेन्द्र ने देखा कि जो कुछ उनके सामने है, वह जीव हो या निर्जीव, जड़ हो या जंगम, चेतन हो या अचेतन—सब एक ही पदार्थ है। सड़क पर जो ताँगा सामने से आ रहा था, वह भी वही पदार्थ था जो वे स्वयं थे। इसलिए उन्हें मार्ग से हट जाने की भी आवश्यकता नहीं थी। घर पर जब भोजन करने बैठे, तो माँ के द्वारा परोसा गया भात भी वही पदार्थ दिखाई दे रहा था, जो वे स्वयं थे। उसे खाते तो कैसे खाते। नरेन्द्रनाथ दत्त की विचित्र अवस्था हो गयी थी; किन्तु इतना वे समझ गये थे कि वेदान्त दर्शन हास्यास्पद नहीं था; और ठाकुर ने उन्हें अपने स्पर्श से स्पष्ट दिखा दिया था कि सारी सृष्टि का मूल तत्त्व एक ही है। ईश्वर ही, विविध रूपों में यहाँ निवास कर रहा है। यह हमारा वेदान्त दर्शन है। हम सबमें बन्धुत्व का सूत्र है क्योंकि हम एक ही पदार्थ हैं। किन्तु मूलतः एक ही पदार्थ होते हुए भी हमारे विविध रूप और नाम हैं; इसलिए जो जिस रूप में है हमें उसी रूप में उससे प्रेम करना होगा। इस विविधता को स्वीकार करना होगा। इस वैविध्य के प्रति सहिष्णु होना होगा। हमारी संस्कृति हमें जहाँ विविधता के प्रति सहिष्णुता का सन्देश देती है, वहीं वर्धमान महावीर का अनाग्रह और धर्मराज युधिष्ठिर की आनृशंसता भी,

हमारी परम्परा का प्रमुख अंग हैं। स्वयं को किसी पर आग्रहपूर्वक आरोपित करना नृशंसता है, हिंसा है। इसलिए जो यह कहता है कि तुम हमारे समान हो जाओ, तब ही हम तुमसे प्रेम करेंगे, वह प्रेम के मर्म को नहीं जानता। एक प्रेम वह है जो हमारे वर्तमान राजनीतिक नेताओं का अपने देश के प्रति है। देश को बेचकर अपना मूर्ख स्वार्थ सिद्ध करना देश-प्रेम नहीं हो सकता। प्रेम में स्वार्थ नहीं होता। स्वामी विवेकानन्द ने अपने गुरु के प्रेम की चर्चा करते हुए कहा कि जितना प्रेम ठाकुर हमें करते थे उतना तो कभी हमारे माँ-बाप ने भी नहीं किया। माँ-बाप के प्रेम में भी कहीं कोई स्वार्थ था; पर ठाकुर के प्रेम में कहीं कोई स्वार्थ नहीं था।

नरेन्द्रनाथ दत्त ध्यान कर रहे थे। उन्हें अपने भीतर शक्ति संचरण का आभास मिला। यह जानने के लिए कि यह उनका भ्रम था या सचमुच ही उनके भीतर कुछ ऐसा घटित हो रहा था उन्होंने काली (बाद में स्वामी अभेदानन्द) से कहा कि मैं जब ध्यान करूँ तो तुम मेरे घुटने पर हाथ रखना। काली ने वैसा ही किया। उसने भी अपने भीतर उस शक्ति-संचरण का अनुभव किया। नरेन्द्रनाथ दत्त को अपने भीतर घटित होनें वाली इस प्रक्रिया का प्रमाण मिल गया। ठाकुर ने उन्हें अपने पास बुला कर डाँटा। यह डाँट दो बातों के लिए थी। प्रथम तो इसलिए कि नरेन्द्र शक्ति अर्जित करने से पहले ही उसे विसर्जित कर रहे थे। दूसरे, काली का विकास अपने ढंग से एक पृथक् ही दिशा में हो रहा था। ठाकुर ने नरेन्द्र को कहा कि उसने अपनी शक्ति के संचरण के द्वारा काली के भीतर हो रहे उस विकास को सर्वथा नष्ट कर दिया है। यह उचित नहीं है। हर व्यक्ति की चरितार्थता उसके अपने रूप में विकसित होने में ही है। ठाकुर ने किसी शिष्य पर स्वयं अपने व्यक्तित्व, अपने दर्शन अथवा अपनी उपासना-पद्धति को आरोपित नहीं किया। वे उन बारहों को उनके निजी रूप में ही विकसित करते रहे। और उनको उन्हीं के रूप में प्रेम करते रहे।

हम किसी से प्रेम करते हैं तो उसकी सहायता भी करते हैं और यह मानते हैं कि वह असहाय था, अतः हमने उसकी सहायता की। यदि हमने उसकी सहायता न की होती तो शायद उसके कष्ट का निवारण कभी नहीं होता।

स्वामी विवेकानन्द के द्वारा हिन्दुओं के समस्त वर्गों और सम्प्रदायों के जो समान लक्षण माने गये हैं, उनमें से एक कर्म-सिद्धान्त की मान्यता भी है। इस सिद्धान्त के अनुसार प्रत्येक कर्म का फल हमें मिलेगा। उस फल पर हमारा नियन्त्रण नहीं है; अर्थात् हम अपनी इच्छानुसार अपने कर्म का फल प्राप्त नहीं कर सकते; किन्तु प्रकृति के नियमों के अधीन, उसका फल तो हमें मिलेगा ही। इसलिए जिस स्थिति में आज हम हैं, वह हमारे संचित कर्मों का ही फल है। यदि एक व्यक्ति कष्ट में है, तो वह उसके संचित कर्मों का ही परिणाम है। उसे ईश्वर ने उसके दुष्कर्मों के लिए दंडित कर रखा है। कुछ लोगों के मन में यह संशय उठता है, कि यदि ईश्वर ने

किसी को दंडित किया है, तो उस पीड़ित की सहायता कर हम कहीं ईश्वर के न्याय का विरोध तो नहीं कर रहे ?

वस्तुतः मनुष्य का न्याय करना, मनुष्य के लिए सम्भव नहीं है। न्याय करने के लिए तो सारी मानवता से उच्च और श्रेष्ठ होना होगा। इसलिए जन्मान्तरों में किये गये कर्मों का न्याय करने का अधिकार तो ईश्वर को ही है। वही उसका दंड-विधान करता है। मनुष्य के रूप में तो हम केवल मानव का कर्तव्य कर सकते हैं। प्रत्येक मनुष्य से प्रेम कर सकते हैं। उसके प्रति सहानुभूति और संवेदना का भाव विकसित कर सकते हैं। उस पर दया कर सकते हैं। रामकृष्ण परमहंस ने अपने शिष्यों से चर्चा करते हुए एक अवसर पर ऐसे ही सन्दर्भ में कहा था, 'तुम कौन होते हो किसी पर दया करने वाले ? तुम्हें तो उस दुखी का आभारी होना चाहिए कि उसने तुम्हें सेवा करने का अवसर दिया।'

स्वामी विवेकानन्द अमरीका से लौटे तो उनके साथ कुछ अमरीकी शिष्य भी आये थे। कुछ भारतीय शिष्य अपने गुरु की चरण-सेवा कर रहे थे। स्वामी जी ने देखा कि अमरीकी शिष्यों को यह चरण-सेवा कुछ विचित्र लग रही है। उन्होंने उनसे कहा, 'तुम सोच रहे होगे कि न मैं अस्वस्थ हूँ, न क्लान्त। तो फिर ये लोग मेरे चरण क्यों दबा रहे हैं। वस्तुतः ये चरण-सेवा मेरे सुख के लिए नहीं, इनके अपने विकास के लिए है। इससे इनका अहं विगलित होगा और इनका आत्मिक विकास होगा।' इसका अर्थ यह हुआ कि जब हम किसी की सेवा करते हैं, तो इसलिए नहीं करते कि उससे उसका कष्ट दूर होगा, वरन् इसलिए करते हैं कि हमारी अपनी आत्मा एक उच्चतर धरातल पर विचरण करेगी। उससे हमारा अपना आत्मिक विकास होगा। हम किसी से प्रेम करते हैं, तो इसलिए नहीं करते कि उससे उसको सुख मिलेगा; वरन् इसलिए करते हैं कि हमारे अपने मन में से घृणा, ईर्ष्या, वैर, विरोध, मात्सर्य, प्रतिस्पर्धा इत्यादि भावों का निष्कासन होगा और वहाँ प्रेम जैसे सर्वकल्याणकारी भाव की प्रतिष्ठा होगी। यदि हम अपने घर को स्वच्छ और सुन्दर रखते हैं, तो इसलिए नहीं कि उसे देख कर, हमारे घर आने वाला कोई बाहरी व्यक्ति प्रभावित होगा, वरन् इसलिए कि वह हमारे सुख और स्वास्थ्य के लिए आवश्यक है। यदि हम अपने घर में कूड़े का ढेर इसलिए जमा रखते हैं कि अवसर आने पर हम उसे पड़ोस के घर में फेंक कर उसे कष्ट देंगे, तो वह अवसर तो जब आयेगा तब आयेगा, और कुछ क्षणों के लिए आयेगा; किन्तु हमारा अपना घर सदा के लिए गन्दा और सड़ांधपूर्ण हो जायेगा। वैसे ही हमारे मन में संचित घृणा, ईर्ष्या, वैर, विरोध और मात्सर्य इत्यादि भाव दूसरे को तो कभी-कभी कष्ट देते हैं, हमें निरन्तर सालते रहते हैं।

रामकृष्ण परमहंस ने कहा था कि यह माया की सृष्टि है, यहाँ सब उल्टा-पलटा दिखाई देता है। जो होता है, वह दिखाई नहीं देता; और जो दिखाई देता है उसका

अस्तित्व नहीं होता। स्थूल रूप में जो सम्मुख होता है, उसके पीछे सूक्ष्म रूप में कुछ और होता है। हम माने बैठे रहते हैं कि हम दूसरे को प्रेम करते हैं; किन्तु वास्तविकता यह होती है कि हम मात्र अपने अहंकार से प्रेम कर रहे होते हैं।

दान के सन्दर्भ में भी कुछ ऐसी ही बात है। हम दान करते हैं तो देखना चाहते हैं कि दान स्वीकार करने वाला वह व्यक्ति कौन है; और हमारे दिये हुए धन का उपयोग किस रूप में कर रहा है। कई बार तो मैंने देखा है कि एक भाई की सहायता के लिए दूसरा भाई, यदि कुछ राशि उसे देता है, तो साथ हज़ार प्रकार की शर्तें भी लगा देता है, कि वह अपने धन को किस प्रकार व्यय करेगा; क्या खायेगा; क्या नहीं खायेगा; कहाँ जायेगा; कहाँ नहीं जायेगा; उसके परिवार में किस मद में व्यय होगा; किस मद में नहीं होगा। इससे सहायता लेने वाले भाई का हाथ, कुछ खुला नहीं कि वह अपने मन के अनुसार सुविधा से धन व्यय कर लेता। उलटे, उसके अपने अर्जित धन पर भी अंकुश लग गया और वह उसे अपनी इच्छानुसार व्यय करने से वंचित रह गया। यहाँ दाता ने अपने धन का त्याग नहीं किया; अपने अहंकार को स्फीत किया। ऋषि कहते हैं दान इसलिए किया जाता है कि व्यक्ति के मन में धन का मोह कम हो। वह अपने धन को अपना न मान, किसी को दे दे और पलट कर यह भी न देखे कि उस व्यक्ति ने उसका दिया हुआ धन चूल्हे में डाला या बावड़ी में। स्वामी विवेकानन्द के पिता विश्वनाथ दत्त अपने घर में अपने अनेक स्वजनों का पालन-पोषण करते थे। उनमें से अनेक लोग सर्वथा निष्क्रिय रह कर उनके धन का व्यय करते थे। कुछ तो मदिरा तथा द्यूत के भी प्रेमी थे। बालक नरेन्द्र ने इस विषय में स्पष्ट आपत्ति करते हुए अपने पिता से कहा था कि वे श्रमपूर्वक अर्जित किया हुआ अपना धन इन व्यसनों के लिए उन लोगों को क्यों दे देते हैं। उन्हें ऐसा नहीं करना चाहिए। विश्वनाथ दत्त ने कहा था कि नरेन्द्र अभी बालक है। वह मनुष्य की पीड़ा को नहीं समझता। नहीं जानता कि वे लोग किस दुःख से पीड़ित होकर इन व्यसनों के चंगुल में फँसते हैं; और उनके माध्यम से अपना दुःख टालने का प्रयत्न करते हैं। विश्वनाथ दत्त का दृष्टिकोण उचित था या नहीं, इसमें मतभेद हो सकता है; किन्तु इतना स्पष्ट है कि उन्हें अपने धन से विशेष मोह नहीं था। वे उसमें इतने आसक्त नहीं थे कि अपना धन दूसरे के सुख के लिए दे न सकते।

वस्तुतः दान का महत्त्व ही त्याग का भाव अर्जित करने में है। दान के पश्चात् मन में यदि त्याग के स्थान पर अहंकार जागे, तो उस दान का कोई लाभ नहीं है। हम अपने आध्यात्मिक विकास के लिए अपने धन का त्याग करना सीखते हैं। अपने अहंकार को स्फीत करने के लिए नहीं। अहंकार क्या है ? विनोबा कहते हैं कि स्वयं को सृष्टि से पृथक् समझना ही अहंकार है। यदि कपड़े के एक थान में से एक गज़ कपड़ा काट लिया जाये और वह एक गज़ कपड़ा यह कहे कि मैं थान से भिन्न हूँ, मैं

थान नहीं हूँ; और थान से पृथक् होने के कारण मैं थान से श्रेष्ठ हूँ, तो वही स्थिति होगी, जिसे हम व्यक्ति के सन्दर्भ में अहंकार कहते हैं। वस्तुतः हम सृष्टि का अंग हैं, सृष्टि अंगी है। व्यक्ति न भिन्न है, न पृथक्, न स्वतन्त्र; श्रेष्ठ तो वह है ही नहीं। इसलिए संवेदना, प्रेम, सहायता अथवा दान यह सब सम्पूर्ण सृष्टि से एकात्मकता स्थापित करने की ही प्रक्रिया है। इसलिए यह अहंकार के मूल तत्त्व की विरोधिनी है। अतः यदि अहंकार का विरोध न कर वह उसका समर्थन करने लगे तो उसका मूल लक्ष्य ही नष्ट हो जाता है। और फिर अहंकार अकेला नहीं जागता। उसके साथ-साथ अन्य दुष्ट भावों की पूरी सेना, हमारे मन में निवास करने लगती है। हम तो दान कर रहे थे, अपने विकास के लिए, और हमने पाया कि उस दान के कारण अहंकार जागा; और उसके साथ जागे अन्य दुष्ट भाव।... तपस्या विभीषण ने भी की थी और रावण ने भी; किन्तु रावण शिव की कृपा पाकर भी अपने अहंकार के कारण राक्षस हो गया। विभीषण ने अहंकार नहीं किया, तो उसे राम मिले। वस्तुतः हमें देखना होगा, कि हमारी तपस्या का लक्ष्य क्या है। एक गलत मोड़, उदात्त से उदात्त भाव को भी दूषित कर हमें पतित कर देता है।

समाज, साहित्य और अध्यात्म

सांसारिकता और आध्यात्मिकता, एक-दूसरे की विपरीत अवधारणाएँ हैं। इनमें से किसी एक का भाव, दूसरी का अभाव बन जाता है। एक के निकट जाने वाला व्यक्ति, दूसरी से दूर होता जाता है। आध्यात्मिकता यदि ईश्वर की पर्याय है, तो सांसारिकता माया की। रोचक तथ्य यह है कि ईश्वर सत्य है और माया असत्य ! किन्तु हमें अपने आस-पास असत्य माया तो दिखाई देती है; सत्य ईश्वर दिखाई नहीं देता। ईश्वर का साक्षात्कार करने वाले आध्यात्मिक चिन्तकों का कहना है कि ब्रह्म, वायुमंडल के ही समान, हमारे चारों ओर विद्यमान है और हमारे शरीर में प्रवेश करने के लिए निरंतर आतुर है; किन्तु हमारे भीतर इतनी अधिक सांसारिकता भरी हुई है कि ईश्वर के प्रवेश के लिए कोई अवकाश ही नहीं है। उन्हीं चिन्तकों का यह भी कहना है कि हमारी आत्मा के रूप में स्वयं सच्चिदानन्द ब्रह्म ही हमारे शरीर में विद्यमान है; किन्तु सांसारिकता के मल ने हमारी आत्मा को इतना आच्छादित कर रखा है कि इच्छा होने पर भी हम उसका वास्तविक स्वरूप देख नहीं सकते। इस सन्दर्भ में प्रसिद्ध चित्रकार सोयासिंह की एक उक्ति मुझे बहुत याद आती है। उनसे यह पूछे जाने पर कि आपको यह कैसे ज्ञात हुआ कि गुरु नानक का रूप ऐसा ही था जैसा आपने चित्र में बनाया है, उन्होंने उत्तर दिया कि मैं जैसे-जैसे स्वयं को सोयासिंह से खाली करता गया, वैसे-वैसे ही मुझ में गुरु नानक भरते गये। चित्रकार सोयासिंह की यह उक्ति मात्र उनकी आध्यात्मिक चेतना ही नहीं है, यह सम्पूर्ण कलाओं की सर्जनात्मक प्रक्रिया का स्वरूप भी स्पष्ट करती है।

साहित्य-शास्त्र में हम जिस मधुमती भूमिका की चर्चा करते हैं; वस्तुतः वह सांसारिकता अथवा माया के बाहरी आवरणों का त्याग कर, अपने वास्तविक रूप को देखने की ही प्रक्रिया है। मनोविज्ञान की दृष्टि से हम उसे चेतना के बाह्यतम स्तर से किसी आभ्यन्तरिक स्तर पर उतरना भी कह सकते हैं। अपनी सृजनात्मक प्रक्रिया में निमग्न होता हुआ, लेखक जब अपनी चेतना की उस निर्बन्ध स्थिति तक पहुँचता है,

जहाँ वैयक्तिक स्वार्थ, अपना-पराया-बोध, सम्बन्धों, विचारों, देशों और धर्मों के विभाजन इत्यादि, उसे समस्त मानव-समुदाय से पृथक् नहीं करते, तो वह चेतना की स्थिरता के कारण विराट मानवता के साथ जुड़ जाता है; मानव-ऐक्य के सत्य को देख पाता है और उसी का चित्रण करता है। यही कारण है कि उस समय वह निजी स्वार्थ, सांसारिक उपलब्धियों तथा सुख-सुविधाओं की चिन्ता न कर, उस सत्य का वर्णन करता है, जिसका उसने साक्षात्कार किया है। सत्य की सूचना और संवेदना में बहुत अन्तर है। इसलिए सत्य को जानने और उसके दर्शन करने में भी अन्तर है। कबीर ने शायद ऐसी ही स्थिति के लिए कहा है :

"मोर तोर की जेबरी बटि बाँधा संसार।
दास कबीरा क्यों बँधे, जाको राम अधार।।"

मैं अपनी आध्यात्मिकता को धर्म अथवा सम्प्रदाय से नहीं जोड़ता; और न ही ईश्वर अथवा ब्रह्म से उसका कोई अनिवार्य सम्बन्ध है। संगठनबद्ध धर्म वस्तुतः सांसारिकता का ही एक रूप है; और धन, यश तथा शक्ति-सत्ता प्राप्त करने का साधन है। धार्मिक संगठनों के निकट जाने वाले लोग प्रायः आध्यात्मिकता से दूर जाते ही देखे गये हैं। आध्यात्मिकता विहीन धर्म मानव-जाति को विभाजित ही नहीं करता, उसे विभिन्न नामों तथा झंडों के तले एकत्रित कर एक-दूसरे के विरुद्ध युद्ध-रत भी करता है। वह भेद तथा परस्पर घृणा उद्दीप्त करने का साधन है। आस्तिक आधार पर खड़ी आध्यात्मिकता यह नहीं देखती कि धर्म अथवा उपासना-विधि क्या है, वह देखती है कि व्यक्ति सांसारिक स्वार्थों से कितना विरक्त तथा ईश्वर में कितना आसक्त है। शायद इसीलिए विवेकानन्द ने कहा है कि धन माँगना है तो किसी धनी से माँगो, ईश्वर से तो यही माँगो कि वह तुम्हें धन से मुक्ति दे। और यदि आध्यात्मिकता ईश्वर-निरपेक्ष है, तो वह केवल यह देखती है कि आत्मा कितनी विशुद्ध और निर्मल है; तथा सांसारिकता से कितनी मुक्त है।

इसका अर्थ यह है कि आध्यात्मिक चेतना यह मानती है कि हमें अपनी इन्द्रियों से जिस संसार का अनुभव हो रहा है, वह सत्य नहीं है, उसके सुख वास्तविक सुख नहीं हैं, और सांसारिक सफलता—मानव की वास्तविक सफलता नहीं है। इसलिए आध्यात्मिक रूप से विकसित आत्माएँ सांसारिक दृष्टि से सदा असफल ही नहीं, अननुकरणीय भी रही हैं। राम ने पिता की स्थिति को देखते हुए, वन-गमन स्वीकार किया। सांसारिक दृष्टि से वे राज्य से वंचित हुए; किन्तु जिसके मन में यह स्पष्ट हो कि यह राज-पाट, धन-दौलत, सुख-सुविधाएँ, मात्र माया हैं, जो मनुष्य को कष्ट, यातना और अशान्ति की अन्धी दौड़ में लगाकर एक अनन्त यातना-गुफा में धकेल देती हैं, उसके लिए अयोध्या के राज्य को ग्रहण करने से अधिक सुख, उसके त्याग में ही था। भीष्म ने अपने पिता की इच्छा जानकर जीवन के प्रायः सारे सांसारिक

सुख त्याग दिये। कदाचित् उनकी आध्यात्मिक बुद्धि यह जानती थी कि सुख चाहे नारी का हो, अथवा राज्य का—वस्तुतः वह सुख नहीं है। सांसारिक सुखों का भोग वस्तुतः मनुष्य की आत्मा का क्षय है, पतन है। गौतम बुद्ध ने अपना राज्य और परिवार छोड़ दिया। महावीर ने सांसारिक भोगों को तिलांजलि दी। हमारे आध्यात्मिक चिंतकों ने सुख का पूर्ण निषेध किया है। किन्तु संसार का पूर्ण त्याग, 'संन्यास' है। व्यक्ति अपने धरातल पर संन्यासी हो सकता है। कोई पूरा समाज, देश अथवा राष्ट्र संन्यासी नहीं हो सकता।

भारतीय आध्यात्मिक चिन्तन गृहस्थाश्रम अथवा समाज का निषेध नहीं करता; किन्तु स्वेच्छा से सांसारिक सुखों को त्यागने, निर्धन तथा सांसारिक सुखों से रहित जीवन अंगीकर करने, सुखों के बीच रहते हुए भी उनमें अनासक्त रहने, उन्हें महत्त्वहीन समझने तथा उनके नियन्त्रित एवं त्यागपूर्ण भोग का परामर्श देता है। वस्तुतः अध्यात्म की समस्या, समाज अथवा विज्ञान की समस्या से भिन्न नहीं है। वह भी समाज और विज्ञान के ही समान सृष्टि और मानव-जीवन के रहस्यों को समझना चाहता है, उसे जानना चाहता है और उसके सत्य का साक्षात्कार करना चाहता है। उसने देखा है कि जो कुछ प्रत्यक्ष दिखाई देता है, वह सत्य नहीं है। सुख का अबाध भोग व्यक्ति के मन को राक्षस तथा शरीर को रोगी बना देता है। वैयक्तिक स्वार्थ समाज-विरोधी चिन्तन को जन्म देता है। आध्यात्मिक चेतना के इसी पक्ष ने हमारे सामने युधिष्ठिर और दुर्योधन जैसे चरित्रों को आमने-सामने प्रस्तुत किया है। अपने वैभवपूर्ण राज्य तथा प्रत्येक भौतिक सुख-सुविधा के होते हुए भी दुर्योधन पांडवों को सुखी नहीं देख सकता—चाहे वे इन्द्रप्रस्थ में रहें, चाहे द्वैतवन में। और दूसरी ओर युधिष्ठिर है, जो यह जानता है कि उन्हें वारणावत में जलाया जायेगा, अथवा द्यूत सभा में उनका सर्वस्व हरण होगा—फिर भी इन भौतिक सुखों अथवा अपने प्राणों की रक्षा के लिए वह पितृ-तुल्य धृतराष्ट्र की आज्ञा की अवज्ञा नहीं करेगा। वह स्वयं तथा अपनी पत्नी को हार गया है, इसलिए अपने वचन की रक्षा के लिए निर्वस्त्रप्राय अपनी पत्नी के सम्मान की रक्षा के लिए भी प्रयत्न नहीं करेगा। साधारण सांसारिक मनुष्य की बुद्धि के अनुसार यह सिवाय मूर्खता के और कुछ नहीं हो सकता; किन्तु महाभारतकार युधिष्ठिर को धर्मराज कहता है। युधिष्ठिर 'महाभारत' का नायक है; और 'महाभारत' के असंख्य पात्रों में से एकमात्र पात्र है, जो सदेह स्वर्ग की प्राप्ति करता है। एक ओर नारियों के अपहरण, उनके लिए युद्ध तथा अन्य उपद्रव करने वाले पात्र हैं और दूसरी ओर अर्जुन जैसा पात्र भी है, जो न संन्यासी है और न विरक्त। नारी के सौन्दर्य और प्रेम से परिचित भी है; किन्तु द्रौपदी को स्वयंवर में जीत कर भी, माता के यह कहने पर कि बड़े भाई के अविवाहित रहते हुए, उसका विवाह करना उचित नहीं है, वह द्रौपदी युधिष्ठिर को सौंप देता है, उर्वशी जैसी

अप्सरा के काम-नियन्त्रण को ठुकरा देता है, क्योंकि उसे उसमें अनौचित्य दिखाई देता है; तथा प्रस्तावित होने पर भी उत्तरा को पत्नी नहीं; पुत्रवधू के रूप में स्वीकार करता है, क्योंकि वय तथा सम्बन्ध की दृष्टि से उससे अर्जुन का विवाह उचित नहीं है। जीवन में किन्हीं उच्च मूल्यों का वरण कर, जीवन व्यतीत करने वाले व्यक्ति का निर्णय और व्यवहार, भौतिक दृष्टि-सम्पन्न, सांसारिक बुद्धि के व्यक्ति के लिए 'मूर्खता' का ही पर्याय रहा है; किन्तु दूसरी ओर भौतिक दृष्टि का सर्वग्रासी मोह, लोभ तथा भोग, आध्यात्मिक दृष्टि से अधःपतन का ही अन्य नाम है।

वस्तुतः हमारा समाज-शास्त्र भी जानता है और अध्यात्म भी कि व्यक्ति का स्वार्थ, उसे अहंकारी बनाता है और अहंकार उसे स्वार्थ की ओर प्रेरित करता है। अहंकार और स्वार्थ दोनों ही न व्यक्ति के लिए शुभ हैं, न समाज के लिए। चाहे वह स्वार्थ किसी भी कोटि अथवा श्रेणी का क्यों न हो। इसलिए जब विवेकानन्द ने निर्विकल्प समाधि की कामना की थी, तब रामकृष्ण परमहंस ने उन्हें एक प्रकार से डाँट दिया था, क्योंकि उनकी दृष्टि में मात्र अपने सुख के लिए साधना करना स्वार्थी होना था। वे चाहते थे कि विवेकानन्द जन सामान्य के उत्थान और सुख के लिए कार्य करें, जिसे वे 'माँ का कार्य' कहते थे। और जब विवेकानन्द ने अपनी साधना से वह निर्विकल्प समाधि प्राप्त कर ली, तो परमहंस ने यह कह कर उसका निषेध कर दिया कि माँ की कृपा से उनको सब कुछ मिल तो गया है, किन्तु वह ताले में बन्द रहेगा और चाबी स्वयं परमहंस के पास रहेगी।

'गोदान' लिखते हुए प्रेमचन्द ने स्वयं को सर्वथा नास्तिक घोषित कर दिया था। ईश्वर में उनकी कोई आस्था नहीं थी। उनके विषय में यह जानना महत्त्वपूर्ण होगा कि उनका नायक सूरदास तो अपना जीवन आध्यात्मिक मूल्यों के अनुसार व्यतीत करता ही है; उनके सर्वथा नास्तिक प्रवक्ता प्रो. मेहता तथा उनकी सखी डॉ. मालती—इस निष्कर्ष पर पहुँचते हैं कि परस्पर विवाह कर, सन्तान उत्पन्न कर अपनी गृहस्थी बसाने से वे निजी स्वार्थों में घिर जायेंगे और समाज की सेवा नहीं कर पायेंगे। मानव-जीवन का श्रेय विवाह कर गृहस्थी बसाना नहीं, वरन् मानव-जाति की सेवा करना है। इसलिए मालती और मेहता ने एक-दूसरे के मित्र बने रहकर समाज-सेवा का व्रत धारण किया। प्रेमचन्द का कोई भी समीक्षक उन्हें आध्यात्मिक लेखक नहीं मानता, फिर भी उनका यह आदर्श आध्यात्मिक चिन्तकों से तनिक भी भिन्न नहीं है। वस्तुतः समष्टि का चिन्तन करने वाले साधकों ने सदा ही वैयक्तिक स्वार्थ का त्याग किया है—वह स्वार्थ चाहे सांसारिक हो अथवा आध्यात्मिक। रामकृष्ण परमहंस ने कदाचित् इसी सन्दर्भ में कहा है कि सांसारिक परेशानियों से बचने वाले साधक, उन साधकों से हीन हैं, जो कर्म तो करते हैं, किन्तु उसमें आसक्त नहीं होते। गीता में कृष्ण ने भी कर्म-संन्यास की बात करते हुए यही स्थापित किया है कि

कर्म, जो मनुष्य को बाँधता है, अनासक्त होकर किया जाये तो वह मुक्ति का साधन बन जाता है।

वस्तुतः सामाजिक और आध्यात्मिक चिन्तक अपने-अपने ढंग से इस निष्कर्ष पर पहुँचते हैं कि व्यक्ति को यह अहसास अवश्य दिलाया जाना चाहिए कि वह एक बहुत बड़े अस्तित्व का एक क्षुद्र अंश मात्र है; अतः उसे अपने अहंकार का मर्दन कर, पूर्णता प्राप्त करने के लिए स्वयं को उस विराट अस्तित्व से जोड़ना चाहिए। समाजशास्त्रियों ने व्यक्ति को मानव-समाज के महापारावार की एक बूँद के रूप में स्वीकार किया है; तथा आध्यात्मिक चिन्तकों ने उसे विराट ईश्वरीय सत्ता के एक अंश के रूप में देखा है। यह चिन्तन दोहरी प्रक्रिया के रूप में काम करता है। एक ओर वह उसे अहसास दिलाता है कि वह एक विराट सत्ता का क्षुद्र अंश है; अतः उसके अहंकार का कोई कारण नहीं है। उसे चाहिए कि वह स्वयं को एक नगण्य अस्तित्व मानकर पूर्ण शालीनता और श्रद्धा से उस विराट सत्ता के निकट जाये और उसमें मिलकर उसके साथ एक हो जाये। वह अपने लिए नहीं, उस विराट सत्ता के लिए कार्य करे, अथवा जो कार्य वह करे, स्वयं को उसका कर्ता न मानकर माध्यम अथवा निमित्त मात्र माने। भगवद्गीता में कृष्ण द्वारा जिस अनासक्ति, कर्म-संन्यास तथा निष्काम कर्म का प्रतिपादन हुआ है, वह इसी आध्यात्मिक चेतना का परिणाम है। यह प्रक्रिया व्यक्ति के अहंकार का दलन कर उसकी क्षुद्रता का अहसास दिला, उसे मानव के रूप में अपने समाज में अन्य लोगों की समता को स्वीकार करते हुए, समधरातल पर उनके साथ रहना सिखाती है। समाजवादी देशों में मानव की इस सामाजिकता पर अत्यधिक बल दिया गया है; और इसी को मनुष्य का श्रेय माना गया है। हमारे देश के अनीश्वरवादी क्रान्तिकारियों ने अपने देश की स्वतन्त्रता के लिए न केवल सांसारिक सुख-सुविधाएँ त्यागीं, वरन् अपने प्राणों को भी दाँव पर लगा दिया था। इसका अर्थ यह हुआ कि अपनी स्वार्थ-बुद्धि का त्याग कर, सृष्टि के व्यापक हितों को ध्यान में रखकर उच्चतर और सूक्ष्मतर जीवन-यापन करना ही आध्यात्मिकता है। अमृतलाल नागर के उपन्यास 'बूँद और समुद्र' में महिपाल विद्वान् लेखक है, किन्तु वह डकैती के रुपये छिपा जाता है, जबकि सज्जन, अपना धन त्याग कर जन-सामान्य के निकट आता है। इसीलिए सज्जन, महिपाल की तुलना में आध्यात्मिक दृष्टि से कहीं ऊँचाई पर है। 'मानस का हंस' के तुलसीदास राम को पाने के लिए अपना सर्वस्व त्याग देते हैं; किन्तु जब तक वे अपने आध्यात्मिक स्वार्थ को, सामाजिक हित के साथ नहीं जोड़ते, उन्हें अपना लक्ष्य प्राप्त नहीं होता। आध्यात्मिक चेतना की दृष्टि से विराट के निकट जाने का अर्थ, ईश्वर के प्रति पूर्ण आत्मसमर्पण है। प्रेमचन्द के विभिन्न पात्र—चाहे वह विनयसिंह हो, अमरकान्त हो, प्रो. मेहता हों, प्रो. शान्ति कुमार हों या मिर्ज़ा खुरशीद हों—समाज के अंग के रूप में

अपना निजी स्वार्थ छोड़ कर समाज अथवा देश की सेवा का प्रण लेते हैं। जयशंकर प्रसाद का दांडयायन तो, प्रेमचन्द के सूरदास तथा नागर जी के बाबा रामजीदास के समान सिद्ध पात्र है ही; उसके अतिरिक्त अन्य प्रमुख पात्र—स्कन्दगुप्त, चन्द्रगुप्त मौर्य, चाणक्य इत्यादि भी सामाजिक और आध्यात्मिक कारणों से राष्ट्र की सेवा का व्रत लेते हैं। स्कन्दगुप्त तो स्वयं को उस क्रीड़ाशाली शेषशायी का एक कन्दुक मात्र ही मानता है। वस्तुतः भारतीय क्षात्र धर्म का जीवन-दर्शन इसी आध्यात्मिक चेतना से अनुप्राणित है। दुष्ट-दलन और न्याय-स्थापना को वे अपना कर्तव्य मानते हैं, जो ईश्वर की ओर से उन्हें सौंपा गया है। यही कारण है कि वे राज्य को अधिकार नहीं, कर्तव्य मानते हैं; और आवश्यकता पड़ने पर उसका त्याग करने में उन्हें तनिक भी कष्ट नहीं होता। इस रूप में न वे व्यक्ति रूप में पीड़ा झेलते हैं, न छल-बल से बलात् स्वयं को समाज पर आरोपित कर उसे कष्ट देते हैं। प्रसाद के शस्त्रधारी पात्रों में यह आध्यात्मिक चेतना पर्याप्त मुखर दिखाई देती है। मनु में जब तक यह चेतना नहीं आयी थी, तब तक उन्होंने सिवाय कष्ट पाने और कष्ट देने के और कुछ नहीं किया।

मानव के साधारणीकरण की यह प्रक्रिया जहाँ उसकी वैयक्तिक नगण्यता और क्षुद्रता से उसका परिचय कराती है, वहीं दूसरी ओर उस विराट् सत्ता—मानव-समाज अथवा ईश्वर—से उसे जोड़कर, उसे उसकी महत्ता और विराटता का परिचय भी देती है। वस्तुतः मानव-समता की अवधारणा का सब से बड़ा सहायक, हमारा आध्यात्मिक चेतना से अनुप्राणित साहित्य ही रहा है। जब कभी आध्यात्मिक चिन्तकों ने यह विचार सामने रखा कि हम सब एक ही ब्रह्म के अंश हैं, अथवा एक ही स्रष्टा की सन्तान हैं, तो उसके साथ-ही-साथ, समाज में यह चेतना भी आयी कि यदि हम एक ही ब्रह्म के अंश हैं, तो हममें वर्ग-विभाजन कैसा, वैर-विरोध कैसा, जाति-भेद कैसा, छोटा-बड़ा कैसा। सामाजिक सत्य के रूप में मानव समता की अवधारणा कदाचित् कभी भी इतने विराट रूप में हमारे सामने नहीं आयी, जितने प्रबल रूप में उसे आध्यात्मिक चिन्तकों ने प्रस्तुत किया है। हमारा सारा भक्ति-आन्दोलन विभिन्न कारणों से खंड-खंड मानव-समाज को समता तथा प्रेम के धरातल पर एक करने का अथक संघर्ष था।

इससे भी आगे बढ़कर जब अद्वैत वेदान्त यह स्वीकार करता है कि इस सम्पूर्ण सृष्टि में केवल ब्रह्म ही सत्य है—और कुछ है ही नहीं, तो वह यह भी स्थापित करता है कि प्रत्येक मनुष्य भी वही ब्रह्म है। यह मनुष्य को उसकी नगण्यता के बावजूद, उसकी महत्ता तथा विराटता का दर्शन कराना है। इसका अर्थ है कि वैसे तो तुम महासागर हो, किन्तु यदि अपने अंगी से पृथक् कर तुम अपने अहंकारवश स्वयं को एक बूँद ही मानना चाहो तो यह तुम्हारी अपनी बुद्धि का भ्रम है। इस रूप में

आध्यात्मिक चेतना न केवल हमें अपने उस विराट् अंगी से जोड़ती है, वरन् अपने ही समान अन्य समस्त मनुष्यों से ही नहीं, मनुष्येतर जीवों से भी प्रेम करना सिखाती है। मुझे लगता है कि कृष्ण का विराट् रूप, न केवल अन्य जीवों से प्रेम का ही प्रतीक है, वरन् वह हमें सृष्टि के प्रत्येक कण से तादात्म्य की स्थिति तक पहुँचाता है। जब मनुष्य की चेतना इस स्तर पर पहुँच जाये कि वह समझने लगे कि जो प्राण मुझ में हैं, वही जीव-जन्तुओं और वनस्पति में भी हैं। मेरे इस शरीर के नष्ट हो जाने से वे प्राण नष्ट नहीं होंगे; जैसे बिजली का बल्ब टूटने से बिजली नष्ट नहीं होती अथवा घड़ा टूटने से पानी का अस्तित्व समाप्त नहीं होता; तो यह आध्यात्मिक चेतना मनुष्य को उसके विराट् रूप का स्मरण दिलाती है, जो स्वयं ब्रह्म है। तभी तो कबीर ने कहा था :

"लाली मेरे लाल की, जित देखो, तित लाल।
लाली देखन मैं गयी, मैं भी हो गयी लाल।।"

ऐसे में व्यक्ति की तुच्छता और पृथकत्व—दोनों ही समाप्त हो जाते हैं।

मुझे लगता है कि जिस प्रकार योगी अपने ध्यान के माध्यम से उस चेतना को प्राप्त करता है, प्रत्येक सर्जक कलाकार भी अपने सृजन की प्रक्रिया से उस ध्यान की स्थिति को प्राप्त कर, चेतना के उसी धरातल पर पहुँचता है, जहाँ सृष्टि के प्रत्येक कण में वह स्वयं ही विद्यमान है। कुछ भी उससे भिन्न नहीं है। तभी तो वह अपनी सामान्य चेतना का अतिक्रमण करता है, प्रत्येक मनुष्य तथा मानवेतर प्राणी को अपनी करुणा और प्रेम देता है और अन्याय कहीं भी हो, किसी पर भी हो—उसे अपने पर हुआ अन्याय ही मानता है; और उसकी पीड़ा का भी अनुभव करता है। कहा जाता है कि किसी अन्य की चोट को रामकृष्ण परमहंस अपनी इसी आध्यात्मिक चेतना के कारण, इस तीव्रता से अनुभव करते थे, कि उनके अपने शरीर पर उस चोट के चिह्न उभर आते थे। सर्जक साहित्यकार भी कम से कम अपने सृजन के क्षणों में कुछ इसी प्रकार के आध्यात्मिक ऐक्य की चेतना को प्राप्त होता है, जहाँ सृष्टि में अपने-पराए का भेद नहीं होता, पृथकत्व नहीं होता; और वह हर पीड़ा को परमहंस के समान अपने शरीर पर अनुभव करता है; और कृष्ण के समान स्वयं को प्रत्येक जड़-चेतन से एकाकार पाता है। यह उसका विराट् रूप है, जो सदा साहित्य में प्रतिबिम्बित होता आया है।

सत्यं, शिवं, सुन्दरम्

सत्य वही है, जिसका अस्तित्व है। अस्तित्व का भ्रम उत्पन्न करने वाला क्षणिक अस्तित्व नहीं, जैसे बुलबुले का होता है; वरन् स्थायी अस्तित्व जैसा सागर का होता है। सम्भवतः दार्शनिक-आध्यात्मिक चिन्तन के अनुसार सागर भी शाश्वत न हो, क्योंकि वह भी अपने स्रष्टा, ईश्वर का ही अंश है और अन्ततः उसी में लीन हो जायेगा। हम उसे ईश्वर के प्रतीक के रूप में ही ग्रहण कर लें, क्योंकि प्रायः जीवात्मा की बूँद तथा परमात्मा की सागर से उपमा दी जाती है। इसीलिए कहता हूँ कि बुलबुला अस्तित्व का भ्रम उत्पन्न करता है, जबकि सागर का अस्तित्व वास्तविक है। बुलबुले को ही नहीं कुएँ, सरोवर तथा नदी को भी अपना अस्तित्व प्रमाणित करने के लिए, सागर से पृथक् अपने-आप को सीमाबद्ध करना पड़ता है, सीमित-संकुचित, संकीर्ण होकर अपने चारों ओर अहंकार की प्राचीर खड़ी करनी पड़ती है। यदि ये सीमाएँ हटा दी जायें और जल के ये छोटे स्रोत सागर से मिल जायें तो केवल विराट् सागर ही का अस्तित्व शेष रहता है, अतः वही सत्य है। इस मिलन से सरोवर का अस्तित्व समाप्त होता है, जल का नहीं। जल का तो विकास हुआ है प्रसार हुआ है। वह सरोवर न रहकर सागर हो गया है। जिस अस्तित्व को अपनी रक्षा के लिए अपने आस-पास सीमाएँ बाँधनी पड़ती हैं, विभाजन करना पड़ता है, स्वयं को दूसरों से पृथक् ही नहीं करना पड़ता, उनका विरोधी भी प्रमाणित करना पड़ता है, वह अस्तित्व शाश्वत नहीं है, अतः सत्य नहीं है। सत्य विराट् है, तुच्छ नहीं। विभाजन की रेखाएँ सत्य नहीं हैं, इसलिए न तो उन रेखाओं को जन्म देने वाली भेद-बुद्धि सत्य है और न उस के आधार-स्वरूप फैलायी गयी घृणा। वह घृणा तो मात्र अहंकार की पोषक है। जब तक हम अहंकार में घिरे हैं, स्वयं को अन्य लोगों से भिन्न, पृथक्, श्रेष्ठ अथवा निकृष्ट कुछ भी मानते हैं, हम खंड-सत्य की भूल-भुलैयों में भटकते रहेंगे। हम पूर्ण सत्य को नहीं पा सकेंगे। सत्य न अहंकार है, न घृणा। सत्य वह प्रेम है, जो विरोध और विभाजन की रेखाओं को समाप्त करता है, सीमाओं की दीवारों को तोड़ता है और सब को गले लगाता है—सागर के समान, आकाश के समान। सत्य अपने अस्तित्व से आश्वस्त है, अतः वह मिथ्या अथवा भ्रम से भयभीत नहीं है। वह बाँहें

फैलाकर मिथ्या और भ्रम से भी गले मिलता है और हम देखते हैं कि मिथ्या और भ्रम का कोई अस्तित्व नहीं है। वह सत्य में मिल कर उसी का एक अंग हो चुका है। इसीलिए जीवन में वैषम्य सत्य नहीं है, सामंजस्य ही सत्य है। जब हम वैषम्य खोजते हैं, भेद प्रकट करते हैं, विभाजन करते हैं तो हम असत्य के ही प्रेरक हैं; और जब वैषम्य में भी सामंजस्य खोजते हैं, तो हम सत्य के मार्ग पर हैं। जो व्यक्ति कोयले और हीरे की ऊपरी भिन्नता को ही यथार्थ मान लेता है, वह सत्य को नहीं जानता। सत्य के निकट तो वही है, जो उन दोनों के सामंजस्य का ज्ञानी है और समझता है कि ऊपरी तौर पर विकट भिन्नता होते हुए भी वह मूलतः एक ही पदार्थ है—वह कार्बन है। भारत का सत्य उन्होंने ही समझा है, जिन्होंने इस देश की विभिन्नताओं में सामंजस्य का साक्षात्कार किया है। इसे विषमता के विभिन्न आधारों पर खंडों के रूप में देखने वाला व्यक्ति सत्य से प्रेरित नहीं है।

हमें ईश्वर ने अत्यन्त विराट् बनाया है, किन्तु हम अपने अज्ञान के कारण स्वयं को तुच्छ बनाने पर तुले हुए हैं। उसने चाहा कि हम सारी सृष्टि को अपने 'स्व' में समेट लें, इसलिए हमारे हृदय में प्रेम को स्थान दिया; किन्तु हम अपना 'स्व' निरन्तर सीमित और संकीर्ण करते जा रहे हैं। हम यह भूल जाते हैं कि जब हम 'स्व' सीमित कर लेते हैं तो उस सीमा के बाहर जो शेष है वह सब पराया हो जाता है। हमने जो अपनाया, वह सीमित है; और जो बहिष्कृत किया, वह असीम है। इसीलिए तो कबीर ने कहा था, "मोर तोर की जेबरी बटि बाँधा संसार। दास कबीरा क्यों बँधे, जाको राम अधार।" बँधना सत्य नहीं है, मुक्ति सत्य है। हम सब अपना विकास चाहते हैं, प्रसार चाहते हैं, विराट् बनना चाहते हैं; किन्तु यह भूल जाते हैं कि पानी की बूँद कितनी भी बड़ी क्यों न हो जाये, वह सागर नहीं हो सकती। सागर बनने के लिए उसे, सागर को अपनाना होगा और स्वयं को सागर की भुजाओं में सौंप देना होगा। शारीरिक विस्तार से विराटता नहीं आती, विराटता आती है, अपने 'स्व' के विस्तार से, प्रेम से, अहंकार और तुच्छ स्वार्थ के दमन से।

देवों और दानवों ने सागर-मन्थन किया था। उससे उन्हें सृष्टि की असंख्य विभूतियाँ प्राप्त हुईं। उन विभूतियों को अंगीकार करने के लिए सब ही लालायित थे—देव भी और दानव भी। किन्तु जब हलाहल विष प्रकट हुआ तो उसे देखकर सब नीले पड़ गये। उस हलाहल को कंठ में धारण किया महादेव शिव ने। यह सत्य है कि जब माया के सागर का मन्थन होगा तो उसमें से इन्द्रियों को सुख देने वाली अनेक विभूतियाँ प्रकट होंगी। उन्हें सब ही पाना चाहेंगे, भोगना चाहेंगे; किन्तु यह सुख मायावी ही तो है। इसके अन्त में आता है विष अथवा मृत्यु। यह अध्यात्म का सत्य भी है और संसार का भी। क्या सांसारिक-सुख-समृद्धि हमारे लिए मानसिक और शारीरिक व्याधियों और यातनाओं को जन्म नहीं दे रही ? विभूतियों और सुखों को पाने के लिए लालायित तथा उन्हें भोगने वाले देव भी हैं और दानव भी; किन्तु

महादेव तो वे शिव ही हैं, जो उन सारी विभूतियों की ओर आँख उठा कर भी नहीं देखते। वे दुःख-सुख से निरपेक्ष हैं इसलिए अपना सुख नहीं चाहते। अन्य लोगों के कष्टों का निवारण करने के लिए स्वयं हलाहल पी जाते हैं। शिव वही है जो सुखों की माया के अज्ञान को नष्ट कर, विष की सत्यता को भी स्वीकार करता है, और उसे अपने गले लगा लेता है। शिव वही है, जो सत्य से भागता नहीं, उसे स्वीकार करता है, अंगीकार करता है। शिव का लक्षण न स्वार्थ है न भोग। शिव का लक्षण है त्याग और परमार्थ। क्योंकि वे जानते हैं कि स्वार्थ, भोग, सुख और विभूतियाँ सत्य नहीं हैं—सत्य है केवल त्याग और परमार्थ। सत्य की उपेक्षा कर शिव का साक्षात्कार नहीं किया जा सकता। अपने पास परिग्रह और संचय कर, विश्व को वंचित करने वाला न तो शिव हो सकता है, न महादेव। शिव होने के लिए वितरण करना पड़ता है; दूसरे को वंचित करने के स्थान पर स्वयं को रिक्त करना पड़ता है; विष तथा मृत्यु के सत्य को भी स्वीकार करना पड़ता है। जो समाज, व्यक्ति के स्वार्थ का नहीं, व्यापक हित का लक्ष्य लेकर चलता है, शिव तक तो वही पहुँचता है। हम सामान्यतः ऐसी बातों को कपोल कल्पना अथवा अपने जीवन से सर्वथा असंपृक्त किसी अन्य लोक का सत्य मानकर, उन्हें अपने व्यावहारिक जीवन के निकट भी नहीं फटकने देते; किन्तु जीवन का सत्य यही है कि जिस देश अथवा समाज में व्यक्तिगत स्वार्थ महत्ता पा गया, वहाँ धन चाहे कितना आया हो, सुख कभी नहीं आया; वहाँ संचित धन दिखाई देता हो, विकास दिखाई नहीं देता। विकास और सुख वहीं देखे जा सकते हैं, जहाँ शिव का आदर्श स्थापित किया गया, जहाँ त्याग और बलिदान किया गया, जहाँ बहुजन-हिताय को जीवन का आदर्श बनाया गया। हमारे देश को स्वतन्त्रता उन लोगों के कारण नहीं मिली, जो स्वतन्त्रता के पश्चात्, स्वतन्त्रता के कारण समृद्ध और धनी हुए हैं, स्वतन्त्रता उन लोगों के कारण मिली है, जिन्होंने अपने देशवासियों को स्वतन्त्र करवाने के लिए अपने प्राण दिये थे, अपने कंठ में अंग्रेज़ों की फाँसी की रस्सी का विष धारण कर, नीलकंठ बन गये थे, ताकि उनके देशवासी स्वतन्त्रता का अमृत पी सकें।

हमारे यहाँ कामदेव को सौन्दर्य का पुंजीभूत स्वरूप माना जाता है। वे सौन्दर्य के प्रतीक हैं; किन्तु जब वही 'काम' शिव के हृदय में अंकुरित होना चाहता है, तो अपने अस्तित्व से भी हाथ धो बैठता है। शिव के हृदय में न काम जाग सकता है, न वासना, न स्वार्थ। अतः काम का सौन्दर्य अर्थात् कामना, वासना और स्वार्थ द्वारा प्रेरित अथवा उनको प्रेरित करने वाला सौन्दर्य किसी ज्ञानी को मुग्ध नहीं कर सकता। सुन्दर तो वही होगा, जो शिव की ज्ञानाग्नि में जले और फिर भी अपना अस्तित्व अक्षुण्ण बनाए रखे। इसीलिए शिव हों या विष्णु, राम हों या कृष्ण—उनके सामने करोड़ों कामदेव लजा जाते हैं। सौन्दर्य न आकार में है, न शरीर में, न आँखों को लुभाने की माया में। ये सब तो शिव के ज्ञान-नेत्र के खुलते ही भस्म हो जाते हैं।

सौन्दर्य का यह भ्रम, मात्र अपना ही सुख खोजने वाले स्वार्थियों, योगियों और वासना के भक्तों को तो लुभा सकता है; सर्वभूत के कल्याण करने वाले शिव को नहीं। शिव मुग्ध हैं तो राम के सौन्दर्य पर, जो अन्य लोगों की सुख-शान्ति तथा रक्षा के लिए, अपना राज सिंहासन छोड़कर नंगे पाँव, सिर पर जटाएँ धारण कर वन में आ जाते हैं। भुजा उठाकर दुष्ट और आततायी राक्षसों को नष्ट करने का प्रण करते हैं। चौदह वर्षों तक वन-वन भटककर उन अत्याचारी, आततायी राक्षसों से युद्ध करते हैं और उनका वध करते हैं। जिनकी वे रक्षा करते हैं, वे उनके पास अपनी कठिनाई लेकर आये थे या नहीं—यह महत्त्वपूर्ण नहीं है, वे उनकी प्रजा हैं या नहीं, वे उन्हें कर देते हैं या नहीं—इन बातों की किसी को चिन्ता नहीं है। कोई दुखी है, यही उसका दुःख दूर करने का सबसे बड़ा कारण है। पत्नी का हरण हो जाता है। भाई बाणों से घायल होकर मृतप्राय पड़ा है, स्वयं दो-दो बार ऐसे लहूलुहान हो जाते हैं कि शत्रु उन्हें मृत समझ कर छोड़ जाता है; किन्तु वे अत्याचार से समझौता नहीं करते। पाँव पीछे नहीं हटाते। यह कर्म-सौन्दर्य है, यही भाव-सौन्दर्य है और यही विचार-सौन्दर्य है। शिव की दृष्टि में यही सुन्दर है, वरेण्य है, पूज्य है। शरीर का, कामना का, वासना का, भोग का सौन्दर्य तो क्षण भर में जल कर नष्ट हो जाता है—किन्तु जन-हिताय कष्ट उठाने के संकल्प में, स्वयं से अन्य लोगों को सुख उपलब्ध कराने में जो सौन्दर्य है, वह मनुष्य को अवतार भी बना देता है और ब्रह्म भी।

शूर्पणखा भी बहुत सुन्दर बन कर आयी थी और हिडिम्बा भी। शूर्पणखा अपने नाक-कान कटा कर गयी और राक्षसों के विनाश की प्रेरणा बनी। हिडिम्बा भीम की पत्नी बनी और उसने पांडवों के ज्येष्ठ पुत्र को जन्म दिया। दोनों में अन्तर क्या था? शूर्पणखा ने अनुचित चाहा था, हिडिम्बा ने कुछ अनुचित नहीं माँगा। शूर्पणखा ने आधिपत्य चाहा था, हिडिम्बा ने समर्पण किया था। शूर्पणखा ने अपना मन-भावन न मिलने की स्थिति में सीता का वध कर, उसे खा जाने की धमकी दी और हिडिम्बा ने असफल काम होने पर अपने प्राण त्याग देने की बात कही। शूर्पणखा को राम ने भी दुत्कारा और लक्ष्मण ने भी। हिडिम्बा को भीम ने अंगीकार किया, युधिष्ठिर ने स्वीकार किया और कुन्ती ने हृदय से लगा लिया।

जो शिव नहीं, वह सुन्दर नहीं; जो उचित और धर्म-सम्मत नहीं, वह आकर्षक नहीं। समाज और मानवता को वंचित कर, संचित किये गये धन से निर्मित प्रासाद अथवा उद्यान—शिव के तीसरे नेत्र के खुलने की राह देख रहे हैं; और अपने सुख-स्वार्थ को भुलाकर बहुजन-हिताय अपना पसीना तथा रक्त बहाने वाले महानात्माओं की समाधियों पर राष्ट्र अपनी श्रद्धा की जो अट्टालिकाएँ बनायेगा, उनके सौन्दर्य से शताब्दियों तक संसार की न दृष्टि हट पायेगी, न मन रिक्त हो पायेगा।

‘कर्म’ और ‘फल’

गीता के सन्दर्भ में हमारे यहाँ ‘कर्म’, ‘फल’ और ‘निष्काम कर्म’ की पर्याप्त चर्चा है। उनके पक्ष-विपक्ष में लोगों में अनेक मत प्रचलित हैं। अधिकांशतः हमारा जन-मानस उस पर केवल धार्मिक दृष्टि से विश्वास करता है किन्तु उसकी बुद्धि उसे अस्वीकार कर चुकी है।

पहले हम ‘कर्म’ और ‘फल’ शब्दों का अर्थ स्पष्ट कर लें। मुझे लगता है कि उनके समझने में कहीं कोई भ्रान्ति है। सामान्य जन ‘कर्म’ का अर्थ एक सम्पूर्ण ‘क्रिया’ या ‘प्रक्रिया’ मान लेता है, जिसमें पूर्व-चिन्तन, भावना तथा शारीरिक उद्यम सब कुछ सम्मिलित है और फल का अर्थ उस क्रिया या प्रक्रिया का पुरस्कार अथवा दंड माना जाता है। इसका कारण यह है कि लोगों ने कार्यों को अच्छे और बुरे—दो वर्गों में विभाजित कर रखा है; और विभिन्न प्रकार के पुरस्कारों और दंडों को भी उन कार्यों के साथ जोड़ रखा है; जबकि उन कार्यों और उन फलों में कोई तार्किक सम्बन्ध नहीं है। इसी बात को थोड़ा और आगे बढ़ाया जाये तो सामान्य व्यक्ति यह भी नहीं जानता कि उसके लिए क्या पुरस्कार है और क्या दंड है ?

मेरे लिए कर्म एक क्रिया है—पूरी या अधूरी, अंगी या अंग, पूर्ण या खंड। इस दृष्टि से ‘फल’ उस क्रिया की प्रतिक्रिया मात्र है। यह प्रतिक्रिया, प्रकृति के सत्यों के अनुसार होती है। प्रकृति की दृष्टि में कर्म, ‘अच्छे’ और ‘बुरे’ की सूचियों में बँटे हुए नहीं हैं। इसलिए प्रत्येक क्रिया का परिणाम ‘पुरस्कार’ या ‘दंड’ के रूप में प्रकट नहीं होता—जबकि किसी प्रक्रिया की पूर्णता पर ऐसा हो भी सकता है। सबसे बड़ी बात यह है कि प्रकृति की प्रत्येक क्रिया और प्रतिक्रिया में तर्कसंगत, कार्य-कारण सम्बन्ध होता है; जबकि सामान्य व्यक्ति द्वारा सोचे गये कर्म और फल में कोई कार्य-कारण सम्बन्ध नहीं होता।

सामान्यतः लोग मान लेते हैं कि जड़ पदार्थों में तो प्रकृति के नियम ठीक चलते हैं, किन्तु मनुष्य उन नियमों से स्वतन्त्र है। जैसे, हम एक गेंद को एक दीवार पर मारें तो वह निश्चित रूप से वापस आती है; किन्तु यदि किसी मनुष्य के लिए भलाई

की जाये, तो आवश्यक नहीं कि वह उसका उत्तर भलाई से ही दे। सामान्यतः शिकायत यह है कि लोग भलाई का उत्तर बुराई से देते हैं। ऐसे में बात नियमानुसार नहीं हुई। किन्तु, सच्चाई यह है कि क्रिया-प्रतिक्रिया के वैज्ञानिक नियम में गेंद, दीवार और फेंकना—ये तीन उपकरण हैं। गेंद कीचड़ में मारी जायेगी तो वह लौटेगी तो नहीं ही, उल्टे हम पर कीचड़ के छींटे पड़ेंगे। मिट्टी के ढूह में गेंद मारी जायेगी तो न लौटेगी, न छींटे पड़ेंगे। वैसे ही यदि देखना पड़ेगा कि जिस मनुष्य की भलाई की जा रही है, वह दीवार है, ढूह है या कीचड़ है। भलाई की प्रतिक्रिया भी उसी रूप में होगी।

इस नियम को अप्रामाणिक बताने के लिए कई प्रकार की आपत्तियाँ की जाती हैं। प्रकृति में अपवाद खोजे जाते हैं; बल्कि कुछ लोगों की मान्यता है कि प्रकृति में अपवाद ही अपवाद हैं। कभी वर्षा होती है और कभी नहीं होती। कभी सूखा पड़ता है और कभी बाढ़ आ जाती है। वर्षों तक शान्त भूमि किसी भी क्षण डोलने लगती है और जड़ पर्वत आग उगलने लगते हैं।

पर ये अपवाद लगते ही हैं, अपवाद हैं नहीं। हम मान लेते हैं कि नियम यह है कि वर्षा-ऋतु में आकाश पर बादल छायेंगे, मेघ गरजेंगे, बिजली चमकेगी; और वर्षा होगी। शरद ऋतु में आकाश निर्मेघ रहेगा। वर्षा नहीं होगी। जब कभी वर्षा ऋतु में वर्षा नहीं हुई और शरद ऋतु में वर्षा हो गयी, हमने मान लिया कि प्रकृति का नियम भंग हो गया। किन्तु यह नियम को ठीक समझना नहीं है। मेघ हमारी ऋतुओं की गणना को देखकर तो वर्षा नहीं करते। नियम यह है कि सूर्य का ताप सागर के जल को वाष्प में बदलेगा। वह वाष्प पर्वत, वन अथवा किसी अन्य बाधा से जल, हिम अथवा ओले बनकर बरसेगा। यदि वाष्प को वायु किसी और दिशा में बहा ले गयी; अथवा वाष्प बनने अथवा उसकी यात्रा में विलम्ब हुआ, अथवा वनों इत्यादि के कट जाने से मेघ वहाँ रुक नहीं पाये, वर्षा विलम्ब से हुई, जल्दी हुई अथवा नहीं हुई; सूखा पड़ा या बाढ़ आयी तो उसमें नियम भंग कहाँ हुआ।

वाष्प बनने, वायु के बहने, वर्षा होने, भूचाल के आने, ज्वालामुखियों के फूटने के अपने निश्चित नियम हैं; किन्तु इनसे जो घटना जहाँ घटती है, उसका कारण वहीं नहीं होता। दिल्ली में जो वर्षा होती है, उसका कारण लाखों किलोमीटर दूर सूर्य तथा हजारों किलामीटर दूर सागर में है। जिस वायु के सहारे मेघ यात्रा करते हैं, उसका सम्बन्ध सारी पृथ्वी के भूगोल से है। जिस भूचाल से कोई नगर डोल जाता है, उसका सम्बन्ध उस नगर से नहीं, पृथ्वी के गर्भ में होने वाली घटनाओं से है। पर्वत की जिस चोटी से लावा फूटता है, उसका निर्माण अनेक किलोमीटर नीचे भूगर्भ के नियमों के अनुसार होता है। हम जब अपवादों की बात करते हैं तो इन कारणों का ज्ञान हमें नहीं होता—अतः इनका विश्लेषण हम नहीं करते। अतः दोष, प्रकृति की व्यवस्था में नहीं अपवाद मानने वाली बुद्धि के अज्ञान में है।

प्रकृति की व्यवस्था पूर्ण है। व्यक्ति का कर्म निर्विघ्न शून्य में नहीं होता कि उससे वह इच्छित समय में, अपनी इच्छानुसार फल पा ले। व्यक्ति का कर्म एक अत्यन्त जटिल तथा सुनिश्चित व्यवस्था के भीतर होता है। कर्म किया जाता है तो इस व्यवस्था के सागर में एक छोटी-सी लहर उठाई जाती है। वह लहर अन्य किन लहरों को आन्दोलित करेगी, किन तटों तक किन-किन रूपों में पहुँचेगी। यह सामान्यतः हम नहीं जानते हैं। व्यक्ति का कर्म असंख्य, अकल्पनीय सम्भावनाओं को संजोए हुए है। जब किसी एक समाज की संजीवनी शीघ्र एक ही धरातल पर, एक ही दिशा में काम करने लगती है तो वह चमत्कार कर डालती है। इसलिए गीता में कहा गया है कि व्यक्ति केवल कर्म करे। उसे अपनी सीमित दृष्टि से देखकर, उसके फल को सीमित न करे। फल को वह प्रकृति की व्यवस्था पर छोड़ दे।

आपत्ति की जा सकती है कि कर्म की शक्ति तो कार्य करेगी ही। कार्य का फल होगा ही। फिर फल की इच्छा-अनिच्छा से क्या अन्तर पड़ सकता है ?

गीताकार का मत है कि फल की इच्छा कर्म को संकुचित और फल को सीमित कर देती है। हम एक उदाहरण लें :

किसी विद्यालय में एक निश्चित वेतन पर, विद्यार्थियों को पढ़ाने के लिए अध्यापकों की नियुक्ति होती है। जो अध्यापक वहाँ नियुक्त हुए, वे फल की आशा में ही वहाँ आये थे। उनका वेतन उनके अध्यापन-कर्म का फल है। उस फल की कामना ही उनसे कर्म करवा रही है।...अब एक अध्यापक ने सोचना आरम्भ किया : 'मुझे मेरा निश्चित वेतन तो मिलेगा ही, अब मैं चाहे परिश्रम करके पढ़ाऊँ या बिना परिश्रम किये। यदि अधिक परिश्रम करूँगा तो कौन मेरा वेतन बढ़ जायेगा; और परिश्रम नहीं करूँगा तो मेरा वेतन कटेगा तो नहीं ही।' परिणामतः उस अध्यापक ने पढ़ाना-लिखाना बन्द कर दिया। अपनी कुटिया में पड़ा-पड़ा सोता रहता या कोई और कार्य करता रहता। जब छात्रों को पढ़ाने का समय आता तो उठकर वैसे ही चल देता और जो और जैसा बन पड़ता, पढ़ाकर चला आता। कुछ दिनों में उसे लगने लगा कि पूरा समय पढ़ाना भी क्या आवश्यक है। निर्धारित समय तक नहीं पढ़ायेगा तो कौन उसका वेतन काट लेगा; पूरा समय पढ़ायेगा तो कौन वेतन बढ़ा रहा है। परिणामतः वह अपना काम देर से आरम्भ करता और जल्दी समाप्त कर देता। क्रमशः उसका अध्यापन का अभ्यास छूटने लगा और उसे अपने कार्य से अरुचि होने लगी। कार्य के प्रति उसकी अरुचि देखकर, छात्र उससे अप्रसन्न रहने लगे। अध्ययन का क्रम टूट जाने के कारण वह उनकी जिज्ञासाओं का समाधान करने में असमर्थ रहने लगा। अध्यापन उसे पहाड़-सा लगने लगा। छात्रों में उसकी अपकीर्ति फैली। छात्रों के मन में उसका सम्मान क्षीण होने लगा। कुछ छात्र उससे उद्दंड व्यवहार करने लगे और एक दिन उन्होंने उसका प्रकट और सार्वजनिक अपमान कर दिया।

किन्तु, एक दूसरा अध्यापक था, जिसने अपनी नियुक्ति के बाद सोचा कि वेतन

तो उसे अब मिलना ही है। आजीविका की ओर से उसे चिन्ता नहीं है, क्यों न वह अपना कार्य परिश्रम से करे। वह पूरे मनोयोग से अध्यापन करता रहा। उसका ज्ञान प्रतिदिन बढ़ता रहा और उसने देखा कि अपने शिष्यों को पढ़ाना, उसके लिए तनिक भी कठिन नहीं है। वह अपने छात्रों को, उनकी अपेक्षा से अधिक ज्ञान बड़ी सरलता से दे सकता है। काम में मन लगाने से, उसे उसमें रस आने लगा। वह हर समय, हर स्थान पर छात्रों का कार्य करने के लिए तत्पर था। छात्रों में वह अधिक से अधिक रुचि लेने लगा। छात्रों को वह अपना हितैषी लगा, अपना गुरु और मार्ग-दर्शक लगा। उसका यश फैला। उस यश के परिणामस्वरूप, उसे ऊँचा पद मिला, और जिस धन की उसने अधिक आकांक्षा नहीं की थी, वह धन भी मिला। जिसने फल की कामना की, उसे उतना ही या उससे भी कम मिला तथा उसने अपना क्षय किया; और जिसने फल की कामना नहीं की, उसे ज्ञान भी मिला, सम्मान भी, यश भी और धन भी।

सामान्य लोगों को यह विश्लेषण, बच्चों के लिए एक उपदेशात्मक कथा-सा लगेगा। सम्भव है कि उन्हें लगे कि यह जीवन की सच्चाई नहीं है। सामान्यतः लोग यह मानते हैं कि जो परिश्रम करता है, वह असफल रहता है; और जो कामचोरी करता है, वह अन्ततः लाभ में रहता है।

पर यह विश्लेषण ठीक नहीं है, क्योंकि क्रिया-प्रतिक्रिया और कार्य-कारण शृंखला में कहीं कोई अपवाद नहीं है। पर हम कार्य-कारण के सम्बन्ध निर्णय में भूल कर जाते हैं। उदाहरण के लिए हम देख सकते हैं कि जो वस्तुतः विद्वान् है, उसे ऊँचा पद नहीं मिलता; और ऊँचा पद वे ले गये जो चापलूसी और झूठ पर उतर आये हैं। उन्होंने अपने हथकंडों से धन, सम्मान, ऊँचे सम्पर्क तथा पद प्राप्त किये हैं।

सावधान ! विश्लेषण हमें बता देगा कि विद्वान् व्यक्ति ने अपना सारा परिश्रम किया ज्ञान और विद्वत्ता की प्राप्ति के लिए, और वही उसे प्राप्त भी हुआ। विद्वान् व्यक्ति का श्रम धन और पद के लिए था ही नहीं। जिसके लिए उन्होंने कर्म ही नहीं किया, वह उन्हें मिलता कैसे ? जिन्होंने सम्पर्क बनाये, वे उसके लिए दूसरों के द्वार पर गये, उनकी संगति में अपना समय बिताया, उन्हें प्रसन्न करने के लिए अपनी इच्छा के विरुद्ध, उनकी हाँ में हाँ मिलाई। बीज विद्वत्ता के बोकर, फल सम्पर्क के नहीं काटे जा सकते। जिन तथाकथित सफल लोगों को धन और पद मिले, उन्होंने न विद्वत्ता और ज्ञान की आकांक्षा की और न उसके लिए प्रयत्न किया। उन्होंने सदा सम्पर्क, पद और धन के लिए प्रयत्न किया। उन्होंने नाक रगड़ी, समय लगाया, हाँ में हाँ मिलाई, आत्म-सम्मान छोड़ा, चाटूकारिता की, धन के लिए थोथी विद्या का व्यापार किया। उन्हें ज्ञान नहीं मिला, ज्ञानी को धन नहीं मिला।

इसी प्रकार की आपत्ति उत्पादनकर्ता को लेकर की जा सकती है। किसान हल

चलाता है। बीज बोता है। सिंचाई और गोड़ाई करता है। दिन-रात खेतों की रखवाली करता है। पर उसको फल नहीं मिलता। वह निर्धन का निर्धन रह जाता है और दूसरे लोग उसके परिश्रम का फल पाकर धनी हो जाते हैं।

ध्यान से निरीक्षण कर, तथ्यों का विश्लेषण करने पर बात स्पष्ट हो जायेगी।

एक किसान भूमि को परिश्रम से जोतता है और बीज बो देता है; किन्तु वर्षा नहीं होती, सूखा पड़ जाता है—या ऐसा ही कुछ और हो जाता है, जिससे बीज सड़ जाते हैं या उपज सूख जाती है और किसान के हाथ कुछ नहीं लगता। ऐसे में तत्काल पूछा जा सकता है कि उसने तो कर्म किया, उसका फल तो उसे नहीं मिला। किन्तु वह समग्र कर्म नहीं था, इसलिए समग्र फल उसे नहीं मिला। संकीर्णता अथवा एकांगिता में किया गया कर्म, संकीर्ण और एकांगिक फल ही देगा; क्योंकि प्रकृति तो समग्र, सन्तुलित और जटिल व्यवस्था है। खेती करने वाले किसान के लिए यह जानना आवश्यक है कि कृषि के लिए भूमि की जुताई के साथ सिंचाई की आवश्यकता भी होती है। किन्तु सिंचाई की व्यवस्था, व्यक्ति का नहीं समाज का काम है। इसलिए वहाँ सामाजिक कर्म की आवश्यकता होती है। जो समाज मिलकर अपने विकास के लिए, कर्म नहीं करता, उसका व्यक्ति-कर्म भी बहुत फल प्राप्त नहीं कर सकता। इसलिए कृषक समाज के लिए आवश्यक है कि वह कृषि सम्बन्धी ज्ञान प्राप्त करने, कृषि के उपकरणों और सुविधाओं को सुलभ करने के पश्चात् भूमि पर पसीना गिराए। अन्यथा व्यक्ति-कर्म, व्यक्ति-फल ही देगा, जिससे समाज लाभान्वित नहीं हो पायेगा। किन्तु जो समाज, कृषि सम्बन्धी अनुसन्धान करने और उपकरणों को उपलब्ध करने का कर्म पहले कर लेता है और तब उपज के लिए सामूहिक अथवा वैयक्तिक कर्म करता है—वह उसका पूर्ण तथा समग्र फल प्राप्त करता है।

कल्पना कीजिए कि उपज अच्छी हो जाती है और तब पशु उसे चर जाते हैं, फसल को आग लग जाती है, अथवा शत्रु उसे नष्ट कर जाते हैं...तब ? तब यह समझना होगा कि उपज के लिए जो कर्म किया गया, उसका फल तो मिला; किन्तु उसकी रक्षा के लिए कोई कर्म नहीं किया गया था; इसलिए उस अकर्म का दंड भी मिला। प्रकृति कर्म का फल तत्काल देती है; किन्तु अकर्म का दंड भी उसी शीघ्रता से प्रदान करती है।

मनुष्य और प्रकृति के इस निरन्तर संघर्ष का उदाहरण मैं मैदान और पगडंडी से देता हूँ। जिस पथ पर सैकड़ों लोग प्रतिदिन चलते हैं, वहाँ घास नहीं उगती और पगडंडी बन जाती है। पर मनुष्य के पग रुके और प्रकृति ने उसे अपनी शक्ति का प्रमाण दिया। वहाँ तत्काल घास उगेगी, पौधे और वृक्ष उगेंगे। जीव-जन्तु आयेंगे। मनुष्य का प्रयत्न रुकते ही प्रासाद खंडहर हो जाते हैं। प्रकृति तुरन्त बताती है कि कहाँ अकर्म रह गया है। इसलिए व्यक्तिगत और सामाजिक धरातल पर अपने उत्पादन और सम्पत्ति की रक्षा का प्रयत्न भी करना होगा। जब यहाँ तक हो जाये,

तब प्रश्न उठता है, उपज के उस फल का, जिसे उपजाता तो किसान है, पर फल मिलता है जमींदार अथवा व्यापारी को।

अन्न उपजा लेना एक कार्य है और उसे बेचकर उसके विनिमय में धन प्राप्त करना दूसरा। जैसे ज्ञानार्जन एक कर्म है और उसका व्यापार कर धन कमाना दूसरा। अथवा ये एक कर्म के दो खंड हैं। किसान ने अन्न उपजाने के लिए कर्म किया तो उसे अन्न मिला। किन्तु उसने उसके विनिमय में धन प्राप्त करने के लिए क्या किया? व्यापारी किसान से अन्न खरीदकर, दूसरे स्थान पर बेचने का उद्यम करता है। इसलिए उस उद्यम का फल तो उसे मिलेगा ही; किन्तु साथ ही उसने एक सामाजिक कार्य भी किया है—संगठन। इस सामाजिक कर्म का फल उसे मिलता है—अपने उद्यम के अनुपात से कहीं अधिक लाभ—जो मानवीय न्याय की किसी भी कसौटी के अनुसार अनुचित है। यह लाभ उसे एक व्यवस्था देती है, जिसे उसने बनाया है; और यह लाभ, किसान के असंगठन का शोषण करने के कारण ही सम्भव है। यहाँ किसान, या उत्पादक, फिर अपने सामाजिक अकर्म के कारण दंडित होता है। उसने ऐसी व्यवस्था बनाने के लिए संगठित होकर क्या किया, जो परिश्रम के अनुपात में ही लाभ पाने की अनुमति दे ?

सामान्यतः लोग अपने वैयक्तिक कर्म में ही व्यस्त रहते हैं और अच्छा समाज तथा अच्छी व्यवस्था बनाने के लिए तनिक भी कार्य नहीं करते। इस प्रकार अपने सामाजिक अकर्म से, एक दुष्ट व्यवस्था बनाने में प्रकारान्तर से सहायक होते हैं; और जब उस अकर्म का दंड उन्हें मिलता है तो उनकी समझ में नहीं आता कि ऐसा क्यों हो रहा है। एक मनुष्य का उत्पादित धन दूसरे के पास चला जाये, यह प्रकृति की नहीं, मनुष्य की बनाई हुई अर्थव्यवस्था है, जो राजनीतिक व्यवस्था पर निर्भर है। जो समाज राजनीतिक कर्म नहीं करता, अपने लिए अच्छी राजनीतिक व्यवस्था बनाने की ओर ध्यान नहीं देता, उसे उस अकर्म का फल मिलता है—भीतरी शोषण और बाहरी शक्तियों के आक्रमण।

मानव-समाज का कोई खंड जड़ हो जाये, तो हो जाये; किन्तु प्राकृतिक व्यवस्था नहीं रुकती। प्रकृति क्रियाशील है, वह कर्म का तत्काल फल देती है, और अकर्म का दंड। यही कारण है कि सामान्यतः यह विश्वास करते हुए भी कि संसार में कर्म का कोई लाभ नहीं है, मनुष्य कर्म करता ही आ रहा है। आवश्यकता इस बात की है कि सामान्य जन के मन में कर्म के निश्चित फल को स्पष्ट किया जाये, ताकि कर्म में उसका विश्वास बढ़े। वह कर्म और उसके फल का वास्तविक रूप समझे; ताकि अपने अकर्म के क्षेत्रों को पहचानकर, वहाँ सक्रिय हो और सामाजिक न्याय की प्रतिष्ठा हो सके।

धरोहर की रक्षा

नासिक में तपोवन का मार्ग पूछते हुए मैं वहाँ जा पहुँचा, जहाँ भगवान् राम की पर्णकुटी का पट्ट लगा हुआ था। मन में श्रद्धा भरा एक आत्मीय लगाव उमड़ा।...यह वह स्थान है, जहाँ भगवान् राम ने अपनी पत्नी और भाई के साथ अनेक वर्ष व्यतीत किये थे। इसके आस-पास के वनों में उनके चरणों की धूल पड़ी होगी...यहाँ की वायु में उनके निःश्वास सुरक्षित होंगे। गोदावरी की इसी धारा में उन्होंने जाने कितनी बार स्नान किया होगा। यहीं शूर्पणखा की नाक कटी...यहीं से सीता का हरण हुआ। यहीं राम ने खर-दूषण और त्रिशिरा का वध किया; और यहीं राम ने अपने बाणों से मारीच की माया का हरण किया।...

इस स्थान पर खड़े होते ही, वह सारा परिवेश जैसे मेरे सामने साकार होने लगा था...अतीत का वह काल खंड जीवन्त होता जा रहा था।...मैंने हाथ जोड़कर श्रद्धापूर्वक कुटिया की दिशा में प्रणाम किया।...तब देखा कि वह पर्ण-कुटिया नहीं थी, कुछ-कुछ पक्की हो चुकी थी; और उसके निर्माण में लकड़ी के साथ-साथ ईंट-चूने ने भी कुछ-कुछ सहयोग कर दिया था।...मन को यह सब अच्छा नहीं लगा; किन्तु फिर मन को समझा लिया,...शायद यह सब उस कुटीर को दीर्घकाल तक स्थायी बनाये रखने के लिए किया गया होगा।...

एक वृद्ध अधनंगा पंडा विभिन्न प्रकार से चीखता-चिल्लाता, वहाँ घूम रहा था और हाथ में पकड़ी रोटी कुत्तों को खिला रहा था। कुटिया के बरामदे में कुत्तों को इस प्रकार घूमते देख, मन पुनः खिन्न हो उठा; किन्तु तर्क ने उसे पुनः बहलाया कि यह भी जीव-दया ही है। यहीं सीता माता हरिण तथा अन्य पशु-पक्षियों को अपने हाथों खिलाया-पिलाया करती होंगी।...अब यह पंडा कुत्तों को रोटी खिला रहा है, तो क्या दोष है।...

मुझे देख पंडा निकट आ गया; किन्तु मेरा ध्यान उसकी ओर नहीं था। मेरी धारणा है कि ऐसे स्थानों पर बैठे पंडे-पुजारी कोई आधिकारिक और प्रामाणिक

जानकारी देने के अयोग्य होते हैं। न तो उनका बौद्धिक स्तर विकसित होता है, न उनका अध्ययन सम्मानजनक होता है; और न उनमें आध्यात्मिकता का रंचमात्र ही होता है। वे यात्रियों से धन-प्राप्ति की आशा में उन्हें बे-सिर-पैर की चामत्कारिक कथाएँ सुनाते रहते हैं।

कुटिया के भीतर, छत से लटका बिजली का पंखा देखकर मैं हतप्रभ रह गया। मेरे मन में वर्षों से संजोई हुई भगवान् राम की कुटिया की छवि विकृत होती जा रही थी।...

"यह बिजली का पंखा क्यों लगा दिया महाराज ?" मेरे मन की वेदना स्वयं को प्रकट होने से रोक न सकी।

वृद्ध पंडे ने मेरी वेदना का रहस्य नहीं जाना। वह मेरी बात का प्रतिकार करने के लिए कमर कस कर खड़ा हो गया, "पहले लोग धोती बाँधते थे, अब पैंट पहनते हैं। पहले घी-मक्खन खाते थे, अब केक-बिस्कुट खाते हैं।"

यद्यपि मेरा ध्यान अब पूरी तरह उसकी ओर नहीं था, फिर भी इतना तो मैंने सुन ही लिया कि उसी घी-मक्खन के कारण वह अस्सी वर्षों का होकर भी स्वस्थ था। वह मथुरा का पंडा था; और सन्त-महात्मा लोग आकर उसके पास ठहरा करते थे। उसने यह भी कहा कि अब धर्म में पंडे और राजनीति में गुंडे घुस आये थे, जिससे सब कुछ ध्वस्त हो गया था।...

उससे तर्क करने के लिए मेरा मन भी बहुत अकुला रहा था। इच्छा हो रही थी कि उससे पूछूँ कि यदि युग बदल गया था तो वह भगवान् राम की इस कुटिया में टेलीफोन और टेलीविज़न लगवा देगा क्या ? अब भगवान् के चित्रों में उन्हें पतलून पहनाई जायेगी क्या ?

किन्तु मेरी आत्मा कुछ इतनी खिन्न हो चुकी थी कि मैंने उससे कुछ भी नहीं कहा। उस मूढ़ से मूड़ मारने का क्या लाभ, जो भगवान् राम की उस कुटिया को, अपनी सम्पत्ति समझ, उसमें मनमाने परिवर्तन करवा रहा था। उस कुटिया के साथ सटे हुए स्थान में उसने अपनी रसोई बना रखी थी। पर्ण-कुटीर में सीता-माता की रसोई नहीं थी, पंडे की पत्नी की रसोई थी। उनके आँगन में पंडे की चारपाई थी, जिस पर मुंबई और नासिक से छपने वाले हिन्दी और मराठी के समाचार पत्र पड़े-पड़े फड़फड़ा रहे थे...राम की यह कुटिया, क्या इस व्यक्ति की विरासत थी, जो शायद ठीक से उस स्थान का महत्त्व भी नहीं समझ रहा था।

किन्तु अकेले उसी व्यक्ति को क्या दोष देना ! दो दिन पहले शिरडी गया था, तो वहाँ भी समाधि-मन्दिर के साथ लगने वाली दीवार की छाया में बनी हुई दुकानों में सांसारिक व्यापार ही फल-फूल रहा था; और ऊँचे स्वर में 'चोली के नीचे क्या है? चुनरी के पीछे क्या है ?...' गाना, बज रहा था। त्र्यंबकेश्वर की चढ़ाई चढ़ कर,

इतनी आस्था और श्रद्धा ले जब हम मन्दिर के अत्यन्त निकट आ गये थे, तो वहाँ शिकंजवी बेचने वाले एक दुकानदार ने ऊँचे स्वर में ट्रांज़िस्टर लगा रखा था, जिसमें सरकारी आकाशवाणी के अश्लील गीत बज रहे थे।...कई वर्ष पहले जब ऋषिकेश गया था तो वहाँ भी कई मंजिलों वाले एक मन्दिर में सजा हुआ चूड़ियों और बिन्दियों का हाट देखकर, मुझे ऐसी ही पीड़ा हुई थी। चिंतपूर्णी देवी के मन्दिर के साथ लगी चित्र खींचने की एक दुकान देखकर भी, जिसमें लोगों को आकृष्ट करने के लिए एक अर्धनग्न नारी-चित्र बड़ी प्रमुखता से दर्शाया गया था, मैं ऐसे ही भड़का था।...

भगवान् राम की पर्ण-कुटी से नीचे उतर कर गोदावरी और कपिला का संगम देखने के लिए आगे बढ़ा तो देखा कि उसे अनेक लोगों ने अपना शौचालय मान रखा है। संभव है कि बाहर से आये किन्हीं यात्रियों ने ऐसा किया हो, या स्थानीय जनसंख्या के लिए इस पवित्र ऐतिहासिक, आध्यात्मिक स्थल का यही श्रेष्ठतम उपयोग हो...मैं किसी को दोष नहीं देता; किन्तु कुछ प्रश्न मेरे मन में अत्यन्त उग्रता से उठते हैं।...हमारे तीर्थ-स्थल वे स्थल हैं, जिनके दर्शन से मन में आध्यात्मिकता जागती है; वे नहीं जहाँ जाकर सारी आस्था, सांसारिकता में बदल जाती है। उन स्थानों का जिन महान् लोगों से सम्बन्ध रहा है, उन के सम्मान-योग्य, क्या उन स्थानों की देख-भाल नहीं होनी चाहिए ? क्या हम इन स्थानों को सड़क पर रेढ़ी अथवा माथे पर तिलक लगाकर अपनी आजीविका कमाने वाले लोगों की श्रद्धा तथा सौन्दर्यविहीन बुद्धि की दया पर छोड़ देंगे ? क्या यह उचित नहीं है कि पंडा अपनी कोठरी में रहे, श्रीराम की कुटिया में नहीं; और रेढ़ी वाला नासिक के हाट में अपनी रेढ़ी लगाए, तपोभूमि में नहीं; लोग अपनी आवश्यकता के अनुसार शौचालय में जायें, गोदावरी के मनोरम, पवित्र संगम पर नहीं ? क्या यह न्यायपूर्ण नहीं है कि सारे देश की यह धरोहर, किसी व्यक्ति के निजी उपयोग का क्षेत्र न हो ?

इच्छा होती है कि कोई उपयोगी सार्वजनिक संगठन, इन सारे स्थानों पर 'तीर्थ' की सीमा बाँध, उन क्षेत्रों को पवित्र घोषित करे। उन क्षेत्रों को अपने अधिकार में ले और 'बाज़ार' तथा लोगों के निजी निवास को उससे बाहर निकाले। उस सीमा के भीतर कोई सांसारिक व्यापार न हो। उन्हें यथासम्भव उनके मूल रूप के अनुकूल बनाये रखा जाये। उनकी प्रामाणिकता तथा पवित्रता, उनकी सुन्दरता तथा दिव्यता सुरक्षित और संरक्षित रहे। वहाँ जाकर यात्रियों की श्रद्धा और आस्था बढ़े। आधुनिकता उनके परिवेश का अतिक्रमण कर, उन्हें विकृत न करे; और कोई यात्री वहाँ जाकर अपनी भावनाओं को लज्जित तथा अपमानित अनुभव न करे।

सत्य और आक्षेप

1975 ई. में रामकथा पर आधृत मेरी उपन्यास-शृंखला का पहला उपन्यास 'दीक्षा' प्रकाशित हुआ था। यह मेरे पौराणिक उपन्यास लेखन का आरम्भ था। तब से ही उन लोगों ने, जो पढ़े-लिखे हैं, समझदार हैं, चिन्तक-विचारक हैं, लेखक और कलाकार हैं, मुझसे यह पूछना आरम्भ कर दिया था कि मैं समकालीन जीवन को छोड़ कर प्राचीन कथाओं में क्यों खो गया हूँ ? वैसे तो यह एक सामान्य-सा प्रश्न है जो कोई भी किसी से पूछ सकता है, किन्तु वस्तुतः यह एक आपत्ति है, जो प्रश्न के रूप में प्रस्तुत की जाती है। वे लोग इस प्रश्न के माध्यम से मुझे यह बता रहे थे कि मेरे लेखन ने एक गलत मोड़ ले लिया है और यह, उनकी दृष्टि में मेरे साहित्यिक जीवन का अवसान ही था। वे मुझे यह भी बताना चाहते थे कि वे मेरे इस कृत्य से प्रसन्न नहीं थे और अब वे क्षमता भर मेरा, मेरी कृतियों का, मेरे लेखन का, तथा मेरे अस्तित्व का विरोध ही करेंगे।

तब तत्काल ही मेरी समझ में नहीं आया था कि वे लोग ऐसा क्यों कर रहे हैं। वे लोग मेरी उस कृति को एक कृति के रूप में ही क्यों ग्रहण नहीं करते ? वे क्यों मुझे नहीं बताते कि मेरे उस उपन्यास में क्या कमियाँ हैं ? कहाँ मेरा वह उपन्यास कमज़ोर है। जब कभी कोई कमज़ोर कृति छपकर बाजार में आती है तो लोग उसे महत्त्व नहीं देते। उसकी उपेक्षा करते हैं। उसकी चर्चा नहीं होती है। यह तो मेरी समझ में आता है; किन्तु एक कृति से इस आधार पर नाराज होना कि वह लिखी ही क्यों गयी, वह पढ़ी क्यों जा रही है, लोग उसकी चर्चा क्यों करते हैं, उससे प्रभावित क्यों हो रहे हैं—मेरी समझ में नहीं आता। क्योंकि उसके कारण साहित्यिक, सांस्कृतिक तथा सौंदर्यशास्त्रीय नहीं हैं।

पर अब उस बात को बीस वर्ष हो चुके हैं। इस बीच मैंने बहुत कुछ सोचा-समझा है। मेरे उन विरोधी मित्रों ने भी मुझे बहुत कुछ समझाया है। जो बात मेरी समझ में आयी है वह यह है कि कुछ साहित्येतर कारणों से उनका इस देश की

संस्कृति से ही विरोध है। मैं जानता हूँ वे इस बात को स्वीकार नहीं करेंगे। वे कहेंगे कि उनका इस देश की संस्कृति से विरोध नहीं है, उनका विरोध रामायण से है, महाभारत से है, गीता से है। एक विद्वान् प्रोफेसर ने तो यहाँ तक कह दिया था कि उनका हिन्दी से ही विरोध है; क्योंकि, "Hindi means Ramayana, Mahabharata" तो क्या रामायण, महाभारत और गीता इस देश की संस्कृति नहीं है ? उनका उत्तर कदाचित् यह होगा कि वे उस संस्कृति को भारत की संस्कृति नहीं मानते जो विदेश से आये आक्रमणकारियों से पहले की संस्कृति है। वे भारत की संस्कृति मिली-जुली संस्कृति को मानते हैं। किन्तु वे यह नहीं बताते कि मिली-जुली में से रामायण और महाभारत जैसे ग्रन्थ कैसे बहिष्कृत हो गये। संगम में यमुना (तथा सरस्वती) से मिलने के पहले गंगा, गंगा क्यों नहीं है ? गंगा क्या प्रयाग के पश्चात् ही, गंगा होगी? और प्रयाग के बाद की गंगा में भागीरथी और अलकनंदा का जल रहेगा अथवा उसे निकाल दिया जायेगा ? जहाँ तक मैं समझता हूँ 'मिली-जुली संस्कृति' में चीजें जुड़ती हैं, उससे निष्कासित नहीं होतीं। पहले की चीजों को त्याग कर केवल नयी चीजों को मिली-जुली संस्कृति मानना तो मिलने-जुलने की भावना के विरुद्ध है। बाहर से कोई मित्र अथवा शत्रु भाव से आये और हमारे घर में रह जाये तो वह हमारे परिवार का अंग हो जायेगा; किन्तु उसके आने से पहले, जो उस परिवार के सदस्य थे, वे उस परिवार से विच्छिन्न तो नहीं हो जायेंगे। किसी देश का इतिहास उसके मध्यकाल से आरम्भ नहीं होता। वे लोग ऐसा क्यों मानते हैं ? इसका उत्तर साहित्यिक और सांस्कृतिक दृष्टि से नहीं दिया जा सकता; यह केवल राजनीतिक कारणों से है। पर इसका एक दुष्परिणाम यह भी है कि इस विचारधारा ने इस देश के एक बहुत बड़े वर्ग के मस्तिष्क में अपना उपनिवेश बना लिया है। उन लोगों ने यह मान लिया है कि राष्ट्रीय अथवा सांस्कृतिक दृष्टि से जो कुछ भी भारतीय मूल का है वह बहिष्कार योग्य है। दूसरी ओर अंग्रेज़ी पढ़ा-लिखा तथा पाश्चात्य जीवन-शैली से प्रभावित, अथवा पश्चिम की चकाचौंध के सम्मुख स्वयं को हीन अनुभव करता, वह वर्ग भी है, जो प्रत्येक भारतीय वस्तु, चरित्र, विचार, ग्रन्थ, भाषा इत्यादि को हीन मान बैठा है, और किसी भी प्रकार इनसे मुक्त होकर, जिस किसी सीमा तक भी सम्भव हो, अंग्रेज बन जाना चाहता है। इन वर्गों ने जान-बूझ कर अथवा अपने अज्ञान में निरन्तर यह प्रचार किया है कि भारतीय समाज इसका चिन्तन, इसकी संस्कृति, इसके आदर्श, उसके आदर्श पुरुष—सब किसी-न-किसी प्रकार दूषित हैं।

यह दोष-दर्शन कुछ इतना समर्थ हो गया है कि उन्हें, सम्पूर्ण और समग्र भारतीयता में उन दोषों के अतिरिक्त और कुछ दिखाई ही नहीं देता। वे मानते हैं कि भारत में सौ गुण हैं और एक अवगुण, तो वह एक अवगुण है ही क्यों ? और उस

एक अवगुण के कारण वे उन निन्यानवे गुणों को पूर्णतः नकार देंगे। जिसे वे अवगुण कह रहे हैं, वह अवगुण है भी या नहीं, इस पर चर्चा करने के लिए वे तैयार नहीं हैं। वह अवगुण है, क्योंकि वे उसे अवगुण मानते हैं। यदि उनसे यह कहा जाये कि इस प्रकार के छोटे-मोटे मतभेद तो प्रत्येक देश के इतिहास, साहित्य, धर्म और संस्कृति में होते हैं; इसलिए यदि भारत में भी हैं, तो ऐसा कौन-सा बड़ा अपराध हो गया ? उनका उत्तर है, कि अन्यत्र होते होंगे; किन्तु भारत में क्यों हैं ? और यदि हैं तो उनका विरोध, उस अवगुण से ही नहीं है, पूरी भारतीय संस्कृति और भारतीय इतिहास से है; और उनका यह वैर निरन्तर चल रहा है। इसलिए वे भारत के किसी भी गुण को ग्रहण नहीं करेंगे।

मुझे लगता है कि अनपढ़ तो अनपढ़, तथाकथित पढ़े-लिखे लोग भी चिन्तन की सूक्ष्मताओं से अनभिज्ञ होते हैं; और इसलिए बिना उस विचारधारा को समझे, अपनी विद्वत्ता दिखाना उनकी जीवन-पद्धति बन गया है। हमारे एक मित्र ने श्रीमद्‌भगवत् गीता पर विचार करते हुए यह कहा कि प्रथम अध्याय में ही अर्जुन यह कहता है कि यदि यह युद्ध हुआ तो इसमें पुरुषों की इतनी बड़ी संख्या हताहत हो जायेगी कि स्त्रियाँ उच्छृंखल हो जायेंगी और वर्ण-संकर जैसा संकट समाज के सामने आयेगा। अर्जुन की इस उक्ति से उन्होंने यह निष्कर्ष निकाला कि गीता वर्ण शुद्धता में विश्वास करती है और उसे बनाये रखने की पक्षधर है। उन्हें हरचंद समझाया गया कि वे आँख और मन खोल कर गीता को पढ़ें तो यह स्पष्ट हो जायेगा कि चूँकि अर्जुन यह युद्ध नहीं करना चाहता था, इसलिए वह अनेक कुतर्क दे रहा था, जो उसके मोह और अज्ञान से उपजे थे। कृष्ण ने उन तर्कों में से एक को भी स्वीकार नहीं किया और उसे युद्ध करने का आदेश दिया। ऐसे में अर्जुन के मोह-ग्रस्त मन के ऊहापोह को कृष्ण अथवा गीता का सन्देश कैसे माना जा सकता है। वैसे भी गीता का विषय वर्ण-व्यवस्था आदि नहीं है। किसी ग्रन्थ का महत्त्व उसके मुख्य विषय से आकलित किया जाता है, न कि आनुषंगिक विषयों को। मैंने उनसे यहाँ तक कहा कि कांपिल्य में जिस समय स्वयंवर की प्रतिज्ञा पूर्ण करने पर द्रौपदी का विवाह अर्जुन के साथ होना निश्चित हुआ था उस समय स्वयं अर्जुन ब्राह्मण वेश में था, जो एक क्षत्रिय कन्या से विवाह कर रहा था। ऐसे में यह कैसे माना जाये कि विभिन्न वर्णों में विवाह नहीं होते थे। अनुलोम विवाह का विधान धर्म-शास्त्र में है। केवल प्रतिलोम विवाह का निषेध है।

परन्तु वे समझते तो तब, जब उनको समझना होता। वे तो यह बता रहे थे वे इतने बड़े विद्वान् और समर्थ चिन्तक थे, जो गीता, कृष्ण तथा सम्पूर्ण हिन्दू चिन्तन को दोषपूर्ण सिद्ध कर सकते थे। मुझे लगा कि ऐसे लोगों को समझाना, उनसे वाद-विवाद करना अथवा उन्हें सहमत करना, मेरे वश की बात नहीं है। अपनी

धारणा को त्याग, दूसरे से सहमत वही हो सकता है जो पहले से अपने निष्कर्ष निकाले नहीं बैठा है, जिसके मन में दुराग्रह नहीं है, जो जिज्ञासु है, जानना चाहता है और अपनी इच्छा के विरुद्ध सत्य को मानने का आत्मबल उसमें है।

एक बहुत बड़ा समुदाय उन लोगों का भी है, जिनके मन में कोई दुराग्रह नहीं है; किन्तु या तो वे ऊपर चर्चित विद्वानों के दुराग्रह के प्रचार में आकर अपनी राह खोज नहीं पा रहे हैं या फिर सचमुच उनकी दृष्टि अभी इतनी प्रखर और बुद्धि इतनी प्रौढ़ नहीं हो पायी कि वे किसी और परिवेश की कथा को पढ़ कर उसमें से अपने युग का सत्य ग्रहण कर पायें। मुझसे कुछ लोगों ने बहुत निर्दोष और अबोध भाव से इस प्रकार के प्रश्न पूछे हैं कि समकालीन जीवन में वर्तमान इतनी समस्याओं की उपेक्षा कर, मैं उन समस्याओं में इतना तल्लीन क्यों हूँ, जिनका हमारे जीवन से कोई सम्बन्ध नहीं है। वे यह मान बैठे हैं कि पुराण कथाएँ किसी अन्य सृष्टि की कथाएँ हैं। हमारे वे ग्रन्थ जिन पर कभी-कभी वे गर्व भी कर लेते हैं, जिनके सम्मुख वे कभी मस्तक भी झुका लेते हैं, जिन्हें वे महान् ग्रन्थों की श्रेणी में भी रख लेते हैं, जाने किस जीवन की चर्चा करते हैं।

ऐसे ही एक मित्र ने मुझसे यह कहा कि आजकल लोग गीता के अनुसार आचरण क्यों नहीं करते ? उस प्रकार का आचरण करने वाले लोग संसार में बहुत कम रह गये हैं। और फिर उन्होंने स्वयं ही अपने प्रश्नों का उत्तर देते हुए समाधान-स्वरूप कहा कि कोई उन सिद्धान्तों पर आचरण करे भी कैसे। संसार इतना बदल जो गया है। मेरा धैर्य चुक गया और मैंने कुछ आक्रोश में पूछा, कि संसार किस रूप में बदल गया है ? क्या सृष्टि के नियम बदल गये हैं ? क्या मनुष्य का स्वभाव बदल गया है ? क्या संसार में से लोग, मोह, काम, क्रोध, अहंकार और हिंसा जैसे भाव समाप्त हो गये हैं ? क्या काल प्रवाह विच्छिन्न हो गया है ? उन्होंने तत्काल स्वीकार कर लिया कि ऐसा नहीं है। ये सारे भाव तो कदाचित् पहले से भी बहुत अधिक बढ़ गये हैं। किन्तु अब ऐसे अवसर तो नहीं आते जैसे महाभारत युद्ध के समय आये। अब कोई अर्जुन इस प्रकार दो सेनाओं के मध्य खड़ा होकर धर्म-सम्बन्धी चर्चा तो नहीं करता। अब कोई युद्ध इतनी देर रुका तो नहीं रह सकता कि कृष्ण, अर्जुन को पूरी गीता सुना लें और सत्य तो यह है कि न अब अर्जुन है, न कृष्ण; इसलिए वैसा संवाद तो हो ही नहीं सकता।

मुझे स्वीकार करना पड़ा कि समय सचमुच बदल गया है और ऐसा अवसर कि दो सेनाएँ आमने-सामने खड़ी हों और उनके मध्य कृष्ण अर्जुन को गीता का उपदेश सुना रहे हों—ऐसा दृश्य पुनः नहीं देखा जा सकेगा। किन्तु मैं यह स्वीकार नहीं कर सकता कि सत्य और असत्य की सेनाएँ आज भी संसार में आमने-सामने नहीं खड़ी हैं। मैं यह भी स्वीकार नहीं कर सकता कि जब भी कोई अर्जुन अपने किसी छोटे-से-

छोटे साधारण-से-साधारण धर्म-युद्ध के लिए धनुष उठाता है—चाहे वह युद्ध परिवार के धरातल पर हो, मित्रों अथवा समाज के धरातल पर हो, सम्बन्धियों अथवा रिश्तेदारों के धरातल पर हो, अपनी नौकरी अथवा अपने व्यक्तिगत व्यवहार के धरातल पर हो, अथवा देश और राष्ट्र के धरातल पर हो, तो उसके अपने ही सगे-सम्बन्धी उसके अपने ही पूज्य और आदरणीय, उसके अपने ही प्रिय और संरक्षित, अपने उस युद्ध में उसे अपने विरुद्ध दूसरे पक्ष में खड़े हुए दिखाई नहीं देते। आज भी तो मोह ग्रस्त करने वाले लोग वे ही हैं जो गीता के समय में थे। आज भी तो उन्हीं को देख कर अर्जुन अपना धनुष पटक देता है और माथा पकड़कर एक ओर बैठ जाता है कि इन परिस्थितियों में वह युद्ध नहीं कर सकता; क्योंकि वह स्वजनों के रक्त से अपने हाथ नहीं रँगना चाहता।

मुझे लगता है कि जो बदला है वह केवल प्रसंग मात्र है। सत्य तो नहीं बदला। यथार्थ तो नहीं बदला। यथार्थ तो आज भी यही है कि मोह ग्रस्त मनुष्य किन्हीं उच्च तथा आदर्शवादी दिखने वाले विचारों का सहारा लेकर युद्ध से विरत होने का प्रयत्न करता है। अर्जुन ने कहा था कि यदि वह युद्ध हुआ तो इतना बड़ा नरसंहार होगा कि अनेक कुलों का नाश होगा तो कुल धर्म नष्ट होगा। नारियाँ दूषित होंगी। वर्ण-संकर सन्तानों का जन्म होगा। ये उच्च आदर्श बघारने वाली बात ही तो है। बात तो केवल इतनी-सी है कि कुल, परिवार अथवा समाज का ढाँचा इतने व्यापक झूठ पर आधृत है कि यदि एक ईंट भी हटाई तो सारा-का-सारा प्रासाद धराशायी हो जायेगा। यदि असत्य और अन्याय के विरुद्ध शस्त्र उठाए, तो केवल अपने शत्रुओं का ही नहीं अपने मित्रों का भी वध करना होगा। अपने पूज्य गुरुओं और पितामहों का भी रक्त बहाना होगा। या शायद पहले उनकी हत्या करनी होगी, जिन्हें हम 'स्वजन' मानते हैं। विडम्बना यही तो है कि हम शत्रुओं को मारने को तो प्रस्तुत हैं; किन्तु यह नहीं जानते कि हमारे अपने लोग ही शत्रु-कर्म कर रहे हैं। जिस समय वे आकर सम्मुख खड़े हो जाते हैं, तो मित्र और शत्रु में कोई भेद नहीं रह जाता। हम मित्रों को मारना नहीं चाहते, इसलिए हमारे शत्रु मर नहीं सकते।

किन्तु यह सारा ऊहापोह एक भ्रमित मन का है, एक मोह युक्त चिन्तन का है। हाथ उसके काँपते हैं, जो समझता है कि वह धर्म को जानता है; किन्तु वस्तुतः वह धर्म को जानता नहीं है। होंठ उसके सूखते हैं, जो शिष्य तो कृष्ण का है; किन्तु मोह उसे भीष्म का भी है, द्रोण का भी है। कृष्ण को न तो कोई असमंजस है, न उनके मन में कोई द्वन्द्व है। मज़े की बात यह है कि जो शस्त्रबद्ध है वह लड़ना नहीं चाहता; और जो शस्त्रहीन है वह युद्ध संचालित कर रहा है, धर्म-युद्ध कर रहा है। इसलिए कृष्ण अर्जुन को मनाते नहीं, बहलाते नहीं, फुसलाते नहीं कि केवल एक भीष्म और द्रोण को मारने से कछ नहीं होगा। इनके प्रति कठोर हो जा और अपना

युद्ध जीत ले। वे समस्या के तल तक जाते हैं कि मनुष्य इस प्रकार का व्यवहार कब और क्यों करता है। मनुष्य की वास्तविकता क्या है। उसका शरीर क्या है, उसकी आत्मा क्या है और उसका नियन्त्रण करने वाला परमात्मा क्या है। इस सम्पूर्ण विश्व का वास्तविक स्वरूप क्या है। प्रकृति के तीन गुण क्या हैं और उन तीन गुणों में बँधा मनुष्य कब, क्यों, क्या और कैसे करता है। उसे त्रिगुणात्मक प्रकृति का दास होना है अथवा उससे मुक्त हो कर उसका स्वामी बनना है। इन समस्याओं से जूझने के लिए कहाँ तक कर्म उपयोगी है। कहाँ भक्ति की आवश्यकता है और कहाँ ज्ञान का महत्त्व है। क्या ये सारे प्रश्न हमारे देश, काल और जीवन के नहीं हैं ? क्या इस प्रकार के मूलभूत प्रश्नों को उठाना, समकालीन समस्याओं से मुँह मोड़ना है ?...या क्या इतने विराट् प्रश्न, इतनी गम्भीरता और गहराई से, समकालीन सामान्य चरित्रों के सहज जीवन की घटनाओं के माध्यम से इतनी कलात्मकतापूर्वक उठाये जा सकते हैं ?

समय-समय पर हमारे देश के उद्‌भट विद्वानों, असाधारण महत्त्व के राजनेताओं तथा विलक्षण बुद्धिजीवियों को गीता अपने देश और काल में जीने की कला सिखाती दिखाई दी। उन्हें उसमें अपने व्यक्तिगत, सामाजिक और राष्ट्रीय जीवन की समस्याओं का समाधान झलकता हुआ दिखाई दिया। उन्होंने उसको पढ़ा, उसको अपनाया, उसका विभिन्न भाषाओं में अनुवाद किया। उसकी व्याख्याएँ प्रस्तुत कीं, उसके भाष्य लिखे...और उसके बावजूद सड़क पर चलता तथाकथित पढ़ा-लिखा और सर्वथा नासमझ बुद्धिजीवी, बार-बार प्रश्न करता है कि गीता की उसके लिए प्रासंगिकता क्या है। मुझे यह देख कर कष्ट तो होता है कि वह गीता का महत्त्व स्वीकार नहीं कर रहा अथवा वह गीता का महत्त्व जानता और समझता नहीं, किन्तु उससे अधिक कष्ट यह देख कर होता है कि उसे तो अपनी भी समझ नहीं है। वह यह भी नहीं जानता कि उसकी अपनी समस्या क्या है। किस समस्या का समाधान चाहिए उसे। क्या चाहता है, वह जीवन से। किन मानसिक अवरोधों में बँधा वह जी रहा है। वह तो ऐसा ऊँट है जो किसी पहाड़ के निकट जाना ही नहीं चाहता कि कहीं उसे अपनी ऊँचाई का भ्रम ही न खुल जाये। वह तो अपने अज्ञान को ही ज्ञान के रूप में स्थापित करना चाहता है, इसलिए वास्तविक ज्ञान को यदि नष्ट नहीं कर सकता तो उसकी उपेक्षा करना चाहता है। क्या बड़ी बात है कि इस सूचना के होते हुए भी कि मनुष्य मरणशील प्राणी है लोग यह मानना नहीं चाहते कि उनकी भी मृत्यु होगी। वे स्वयं को भुलाए रखना चाहते हैं कि वे मरेंगे नहीं। वे अमर हैं। और जब गीता उनको उनके अमरत्व का भान कराना चाहती है, उन्हें उनके अमरत्व का स्वरूप समझाना चाहती है, तो वे उसके लिए भी प्रस्तुत नहीं हैं। उन्हें वास्तविक ज्ञान से अपना मिथ्या-ज्ञान, अपना भ्रम, अधिक आकर्षक प्रतीत होता है। इसी को तो

'माया' कहते हैं।

यदि कोई अज्ञानी है और अज्ञानी ही बना रहना चाहता है तो उसके लिए कोई कुछ नहीं कर सकता। किन्तु समस्या वहाँ उत्पन्न होती है जहाँ अज्ञानी ज्ञान का जिज्ञासु है और उसको ज्ञान के नाम पर भ्रम और अज्ञान थमा दिया जाता है। चिन्तन शून्य लोग महान् बुद्धिजीवियों के रूप में समादृत होंगे तो कुछ ऐसी ही स्थिति बनेगी। इसलिए आवश्यक यह है कि मिथ्या ज्ञान और मिथ्या ज्ञानियों को भ्रम के प्रचार की अनुमति न दी जाये। उनसे कहा जाये कि यद्यपि हमारे समाज, हमारी परम्परा और हमारी संस्कृति में प्रश्न उठाने, वाद-विवाद करने और बौद्धिक विश्लेषण की मनाही नहीं है; किन्तु भ्रम के प्रचार और मिथ्या ज्ञान की प्रतिष्ठा से उस परम्परा को आगे नहीं बढ़ाया जा सकता। जिस परम्परा की दुहाई देकर हम ज्ञान चर्चा और महानतम ग्रन्थों एवं व्यक्तियों पर आक्षेप करने की सुविधा प्राप्त करते हैं, उनको इतना सम्मान तो देना ही पड़ेगा कि उनको पढ़ कर, उनको जान कर, उनको समझ कर, उनके विषय में प्रश्न उठाये जायें। साधारण पढ़े-लिखे अमननशील व्यक्ति को न हम ऋषि की उपाधि दे सकते हैं और न यह अधिकार दे सकते हैं कि वह समय-सिद्ध ऋषियों तथा उनकी वाणी पर अपनी अल्पज्ञता से उत्पन्न प्रश्न-चिह्न लगाये।

किसे जगाऊँ ?

पहले भी लोगों ने मुझे बहुत समझाया है, डाँटा भी है, अपने तौर पर दंडित भी किया है कि मैं वर्तमान की उपेक्षा कर अतीत में क्यों भटकता हूँ। इधर एक पाठक का बड़ा सशक्त पत्र आया है कि भारत की राजधानी दिल्ली में रहते हुए, देश के राजनीतिक और सामाजिक परिदृश्य के विषय में सब कुछ जानते-देखते हुए भी, मैं अतीत की कथाएँ लिखने क्यों बैठ जाता हूँ।

मैंने भी स्वयं से निरन्तर संघर्ष किया है। बार-बार अपने-आप से प्रश्न पूछे हैं और हर बार मैंने स्वयं को यही उत्तर दिया है, कि दिल्ली में रहता हूँ। आँखें खुली हैं और थोड़ी-सी विश्लेषण-क्षमता भी मुझमें है। अपने चारों ओर जिस राक्षस-तन्तु को निरन्तर वर्धमान और शक्तिशाली होते देखा है, उसी ने तो सुझाया है मुझे कि मैं अपने राम को जगाऊँ, जन-जन के राम को जगाऊँ, मनुष्य के मन में वर्तमान राम को जगाऊँ, ताकि इस राक्षसी राजनीतिक तन्तु से मेरे देश को मुक्ति मिल सके, ताकि इस मूल्य-विहीन स्वार्थी समाज में, उन लोगों को जीने के लिए साँस तो मिल सके, जो एक स्वच्छ और सात्विक जीवन जीना चाहते हैं, जो मानवता से प्रेम करते हैं और उसे जीवित रखना चाहते हैं...

बत्तीस वर्ष हो गये मुझे इस विश्वविद्यालय में पढ़ाते हुए। किसी कुलपति ने आकर नहीं देखा कि जिन्हें विश्वविद्यालय के भवन कहा जा रहा है, उनकी छतें चू रही हैं, दीवारों पर काई लग गयी है; और उनमें से पीपल के वे पौधे उग आये हैं, जो किसी को छाया नहीं देंगे, वरन् इन दीवारों को ढहा देंगे; शौचालय दुर्गन्ध तथा रोग के कीटाणुओं के आगार बन गये हैं; मरम्मत तथा सफाई जैसे शब्दों के अर्थ भी कोई नहीं जानता। किस शासक ने आज तक पूछा कि जिस नये भवन के लिए पूरी धन-राशि दी गयी थी, उसकी तीन मंजिलों में से एक ही मंजिल क्यों बनी; उसकी दूसरी और तीसरी मंजिल के लिए लोहा और सीमेंट क्यों नहीं खरीदा जा सका; सारा पैसा कौन खा गया ? वे ही खा गये, जिन्हें निर्माण का काम सौंपा गया था ? लगता

है, सब ध्वस्त हो जायेगा। मलद और करुष—राज्य नहीं रहेंगे; उनके स्थान पर ताड़का वन उग आयेगा।

विश्वविद्यालय और उसके महाविद्यालयों में मारीच और सुबाहु घुस ही नहीं आते; वहाँ वे स्थायी रूप से वर्तमान हैं। उन्हें वहाँ से कोई नहीं निकाल सकता। विश्वामित्र के सिद्धाश्रम के समान रक्त और मांस का खेल यहाँ भी चल रहा है। कभी किसी छात्रा का अपमान होता है; कभी किसी के साथ बलात्कार होता है; कभी किसी की हत्या होती है...किसी का सम्मान सुरक्षित नहीं; किसी के प्राण सुरक्षित नहीं। कोई सुरक्षित नहीं है। इन मारीच और सुबाहुओं को अधिकारी जन सम्मानपूर्वक आसन देते हैं; उनसे चर्चा करते हैं, उनसे परामर्श लेते हैं, उनकी आज्ञाओं का पालन करते हैं। जब कोई विश्वामित्र चाहता है कि विश्वविद्यालय में उन मारीच और सुबाहुओं का आतंक समाप्त हो, ताकि ब्रह्मचारी गण शान्त वातावरण में शिक्षा प्राप्त कर सकें, तो पता चलता है कि मारीच और सुबाहु अकेले नहीं हैं। उनके सिर पर ताड़का भी है और रावण भी। वे लड़के, जिन्हें हम साधारण गुंडे समझते रहे, वे राजनीतिक दलों के युवा नेता हैं। उनके सिर पर बड़े-बड़े नेताओं और मन्त्रियों के वरद-हस्त विराजमान हैं। उन गुंडों से लड़ना, स्वयं मन्त्रियों से लड़ना है...

विश्वामित्र के पास एक विकल्प तो था। वे जाकर राम को अपनी रक्षा के लिए ला सकते थे । राम को माँगने पर उन्हें राम और लक्ष्मण मिल जाते थे। फिर, राम यह नहीं देखते थे कि उन अपराधियों का संरक्षक कौन है। बड़े-बड़े सत्ताधारियों के नाम उन्हें तनिक भी भयभीत नहीं करते थे। यदि ताड़का, मारीच और सुबाहु, एक विश्वविद्यालय में रक्त और मांस का खेल खेल रहे थे, तो उन्हें भी उसके लिए, अपना रक्त देना पड़ा। किन्तु जब आज का विश्वामित्र अपने विश्वविद्यालय की शान्ति के लिए राम को-लाने दशरथ की राजसभा में पहुँचता है, तो पाता है कि दशरथ के सिंहासन पर भी रावण ही बैठा हुआ है—ताड़का, मारीच और सुबाहु का संरक्षक।

राम के आने के पश्चात् सिद्धाश्रम सुरक्षित हो जाता है। राक्षसों को प्राणदंड दिया जाता है, अथवा वे भाग जाते हैं। किन्तु, अपराध केवल सिद्धाश्रम में ही तो नहीं हो रहे थे; और राक्षस किसी एक रूप में ही तो प्रकट नहीं होते। पाप का कोई निश्चित परिभाषित रूप तो नहीं होता।....और फिर उस समय राजाओं के राज्यों की सीमाएँ भी तो वैसी सुनिश्चित नहीं थीं, जैसी आजकल के थानों और पुलिस चौकियों की हैं, मन्त्रालयों और विभागों की हैं। सड़क की एक ओर होने वाली हत्या, सड़क की दूसरी ओर के थाने के लिए कोई अपराध ही नहीं है...या फिर गोली, सड़क की इस ओर चली, शव सड़क के उसपार गिरा...इसलिए इस ओर अपराध हुआ, उस

ओर प्रमाण मिला। जहाँ अपराध हुआ, वहाँ प्रमाण नहीं है; जहाँ प्रमाण है, वहाँ अपराध नहीं हुआ। इसलिए न इस ओर की पुलिस अपराधी को पकड़ेगी, न उस ओर की।...बात तब तो और भी कठिन हो जाती है, जब अपराधी स्वयं एक शक्तिशाली राजा हो, धन, सत्ता सेना और शस्त्रों से लैस। पीड़ित बेचारा क्या करे, वह तो साधारण बुद्धिजीवी है। उसके पास ज्ञान, साधना और संकल्प तो हैं; किन्तु सत्ता, धन और सेना नहीं है।...विश्वामित्र राम को गौतम के उस आश्रम में भी ले जाते हैं, जो राम के राज्य में नहीं है...शायद किसी के राज्य में नहीं है। वह वन है, जो पहले गौतम का आश्रम था। यहीं देवराज वैजयन्त इन्द्र ने ऋषि पत्नी अहल्या का अपमान किया था। इतना आतंक था इन्द्र का कि उसे दंडित करने की तो कोई बात ही नहीं सोच सकता था, लोग अहल्या को ही अकेली छोड़कर भाग गये थे। कहते हैं कि गौतम ने उसे पत्थर हो जाने का शाप दे दिया था। न भी देते, तो वन में दुःखों से पीड़ित, अकेली असहाय अहल्या को पत्थर ही तो हो जाना था।...राम ने उस आश्रम में आकर अहल्या के चरण छुए। क्या था यह चरण-स्पर्श ? अभिवादन? वृद्धावस्था का सम्मान ?...या उस समाज की ओर से क्षमा-याचना, जिसने उसका अपराध किया था ? राम को उस समाज का भय नहीं था, जिसने अहल्या को पीड़ित और शापित किया था। राम उस इन्द्र से भयभीत नहीं थे, जो देवराज था। राम उस गौतम से आतंकित नहीं थे, जिसने अहल्या को शाप दिया था। राम ने अहल्या के चरण छुए; और गौतम ने उसे अपनी पत्नी के रूप में स्वीकार किया। भविष्य में इन्द्र राम से सदा भागता फिरा। शरभंग के आश्रम में इन्द्र उपस्थित था; किन्तु राम के आने से पहले ही आश्रम छोड़कर चला गया...

मेरे आसपास जो सत्ता है, जो राजनीति है, जो संविधान और कानून है...उसे प्रतिदिन देख रहा हूँ। शासक की ही छत के नीचे बहू-बेटियाँ अपमानित होती हैं। उनका व्यापार होता है। मुँह खोलने वाली स्त्री का गला घोंट दिया जाता है। जो स्त्रियों को सार्वजनिक रूप से नग्न कर सड़कों पर परेड करवाते हैं, वे शासक की गोद में पले हैं; और उसी में खेल रहे हैं। जो अबोध युवतियों के साथ व्यभिचार करते हैं, वे ऊँची कुर्सियाँ पाते हैं। सांसदों के घरों में पराई स्त्रियों के शव मिलते हैं और सरकारी पंथागारों में उनके शव जलाये जाते हैं। अपने अधिकारों की माँग के लिए राज-दरबार की ओर जाती हुई, निर्दोष बहू-बेटियों को, सरकार की अपनी पुलिस, बसों से घसीटकर खेतों में ले जाती है; और उनका शील हरण करती है। उच्च पदाधिकारी निर्लज्जतापूर्वक, उन घटनाओं को नकार जाते हैं और किसी को दंडित नहीं करते। वे स्त्रियाँ आत्महत्याएँ करती हैं, अथवा उनकी हत्या कर दी जाती है। जो जीवित भी हैं, वे अपने अपमान के शाप से पत्थर हो गयी हैं। जाने वे गौतम के किस आश्रम में उपेक्षित पड़ी, राम के आने की प्रतीक्षा कर रही हैं...

जिन्होंने न्याय माँगने के लिए गुहार की और शासक को बताया कि उसी के संविधान के अन्तर्गत, उनको कुछ अधिकार प्राप्त हैं, जिनसे उन्हें वंचित किया जा रहा है। शासक ने उन्हें उनके अधिकार नहीं लौटाए, अपना संविधान बदल दिया।... शासक को न्याय नहीं, अपनी सत्ता प्यारी है। वह न्याय करने बैठेगा तो उसे वोट नहीं मिलेंगे।....और वोट तो उसे चाहिए ही, क्योंकि सत्ता उसे अपने प्राणों से भी अधिक प्यारी है....

विश्वामित्र अहल्या को न्याय दिला पाये क्योंकि वे राम को ले आये थे। राम को सत्ता के मोह में, न्याय से मुँह मोड़ने की क्या आवश्यकता थी ? उन्हें तो पिता ने आदेश दिया था कि वे कल प्रातः अपना युवराज्याभिषेक करवा लें। तभी सौतली माँ ने कह दिया कि मैंने तुम्हारे पिता से वरदान माँगा है कि तुम राज्य छोड़कर, चौदह वर्षों के लिए वनवास करो।...राम ने निमिष भर भी नहीं गँवाया; और वन जाने का निश्चय कर लिया। पिता ने रोका, माता ने रोका, भाई-बन्धुओं ने रोका, मन्त्रियों और सभासदों ने रोका, सारी प्रजा साथ चल पड़ी...किन्तु राम को राज्य का मोह नहीं था। वे हमारे समय के राजनेता तो थे नहीं, जिनकी राज्य के लिए लार टपक रही हो; हाथ जुड़े हों, जिह्वा पर सेवा की चर्चा हो और मन, सत्ता और सम्पत्ति का भोग करने के लिए ऐंठ रहा हो।...सेवा करनी है तो वे कहीं भी कर लेंगे। वन में ऋषि हैं, उनकी सेवा हो सकती थी; जो प्रजा राजाओं की राजधानियों की सीमाओं से बाहर राक्षसों का आखेट बनी हुई थी, उसका पालन हो सकता था। हाँ ! वन में वे सुविधाएँ नहीं थीं, जो राजधानी में उपलब्ध थीं, किन्तु प्रजा-पालन में सुख-सुविधा का क्या विचार ?

हमारे वयोवृद्ध लेखक हैं विष्णु प्रभाकर। बहुत धनी कभी नहीं रहे। फिर भी सारे जीवन की जमा-पूँजी जोड़कर एक मकान बनाया।...उस मकान पर एक समर्थ व्यक्ति ने आधिपत्य जमा लिया। न वह मकान खाली करता है, न विष्णु जी वहाँ जाकर रह सकते हैं। विष्णु जी साधारण आदमी नहीं है। मन्त्रियों तक पहुँच है उनकी। पत्रकार उनकी पीड़ा को जानते हैं। समाचार पत्रों में खुलकर समाचार छपे। मन्त्री ने आश्वासन दिया।...किन्तु विष्णु जी का मकान अभी तक उन्हें नहीं मिला। विष्णु जी एक अकेले व्यक्ति नहीं हैं, हमारे देश में, जिन्होंने न्याय के द्वार खटखटाए और उन्हें न्याय नहीं मिला।...यह तो सामान्य-सी बात हो गयी है। प्रथम जो राजा के द्वार तक पहुँचना ही कठिन है; और पहुँच जाओ तो द्वार नहीं खुलता। द्वार खटखटाते-खटखटाते प्रजा के हाथ थक जाते हैं, पूरी आयु समाप्त हो जाती है, किन्तु कपाट नहीं खुलते...

किन्तु दंडक वन के तपस्वी नहीं पहुँचे थे, राम के पास। राम ही आये थे, उनके बीच। ऋषियों ने जाकर अपना मुकदमा प्रस्तुत नहीं किया था, राम ने ही वनों के

मध्य छिपे ऋषियों की हड्डियों के ढेर देखे थे। प्रजा नहीं आयी थी राजा के पास, राजा ही प्रजा तक पहुँचे थे। प्रतिज्ञा की थी राजा ने कि वे अपने राज्य में से ही नहीं सम्पूर्ण पृथ्वी पर से निशाचरों का नाश कर देंगे....और वह उन्होंने किया। वह वोट माँगने के लिए दिया गया झाँसा तो था नहीं, जो पूरा न होता...। सत्ता नहीं थी राम के पास, सेना नहीं थी, धन-सम्पत्ति तथा अन्य साधन नहीं थे...किन्तु आत्मबल तो था, अनासक्ति तो थी, जन-सामान्य के सत्य का संबल तो था। यह भय नहीं था उनको कि न्याय का पक्ष लूँगा तो कुर्सी छिन जायेगी, अथवा अगली बार सत्ता में नहीं आ पाऊँगा। उस व्यक्ति को किस चीज के छिनने का भय हो सकता था, जो अयोध्या का साम्राज्य केवल इसलिए छोड़कर आया था, कि पिता का असावधानी में दिया गया वचन भी झूठा न हो।

राज्य का मोह होता, तो अयोध्या का राज्य न सही, शृंगवेरपुर का राज्य उन्हें मिल जाता। स्वयं निषादराज गुह ने अपना राज्य उनके चरणों में रख दिया था। किष्किन्धा और लंका का राज्य तो था ही उनका। ये राज्य उन्होंने युद्ध में विजय कर प्राप्त किये थे...किन्तु राम की राजनीति, राज्य प्राप्ति अथवा सत्ता-संचयन में नहीं थी; वह प्रजा का पालन करने में थी, मानवता को न्याय दिलाने में थी। राजनीति नहीं, राजधर्म था वह। निषादों के वोटों के मोह में वे गुह को लुभा नहीं रहे थे। वे सचमुच मानवता को न्याय दिलाना चाहते थे, इसलिए उनकी उपस्थिति शृंगवेरपुर में नहीं, दंडक वन में आवश्यक थी।

ऋषियों के आश्रमों में तो वे गये ही, मार्ग में पड़ने वाले वनवासियों के कुटीरों में भी तो गये ही होंगे। न गये होते तो शबरी के घर कैसे पहुँचे होते ? यहाँ प्रजा का प्रेम शबरी की भावना में बोलता है। अन्यथा वह एक-एक बेर चख कर न खिलाती। आज की राजसत्ता, प्रजा से जितनी दूर है, उसमें प्रजा के मन में राजा के लिए प्रेम नहीं, कटुता ही हो सकती है; और राजा के मन में प्रजा के प्रेम की स्वीकृति के स्थान पर एक प्रकार की आशंका ही होगी, संशय ही होगा। अब राजा, प्रजा के चखे हुए बेर नहीं खाता, मिलने आयी प्रजा की जेबों तक की दस बार तलाशी लेता है, धातु-शोधकों में से गुजारता है। प्रजा को देता कम है, उससे माँगता बहुत अधिक है।

राम की मैत्री—चाहे सुग्रीव से हो, चाहे विभीषण से, राजनीतिक लाभ की सन्धि नहीं है। राजनीतिक लाभ, राम को चाहिए भी नहीं था। यह सन्धि, न्याय और समता के आधार पर थी। अपना कष्ट भूलकर, उन्होंने पहले सुग्रीव को उसके सारे अधिकार दिलाए। किन्तु, जब उनका वही परमप्रिय मित्र भोग में लिप्त हो, अपने कर्तव्यों को भूल गया, तो राम ने उसे स्मरण कराया कि काल के जिस मार्ग से बाली गया था, वह अभी बन्द नहीं हुआ था।...

पर इधर तो सारा परिदृश्य ही बदल गया है....राजा को संन्यासियों के पास नहीं जाना पड़ता। संन्यासी ही अपने आशीर्वाद का वरद हस्त लिये राजा के प्रासाद में आ जाता है। राजा, संन्यासी से यह नहीं पूछता कि 'महाराज ! कहाँ धर्म की हानि हुई है? मैं कहाँ जाऊँ ?' वह किसी को अभय नहीं दे सकता। वह बेचारा तो स्वयं ही याचक है। कहता है, 'महाराज ! कोई ऐसा तन्तु, मन्त्र, यन्त्र कीजिए कि मेरे प्रतिद्वन्द्वी मारे जायें, पराजित हो जायें। कुछ ऐसा हो जाये कि मेरी सत्ता, मुझसे न छिने।' ऐसे पाखंडपूर्ण वातावरण में कोई संन्यासी यह कैसे कह सकता है कि 'राजन्! तुम गोदावरी के तट पर पंचवटी में जाकर रहो, जहाँ दूसरी ओर खरदूषण और त्रिशिरा रावण का सैनिक स्कन्धावार लिए पड़े हैं; और उस शिविर की स्वामिनी शूर्पणखा है जो उन्मुक्त भोग के लिए, सुदर्शन पुरुषों का आखेट कर रही है।' षड्यन्त्रकारी और अपराधी संन्यासी तो यही कहेगा, 'राजन् ! मेरा आश्रम संगमरमर का बनवा दीजिए। कुछ सरकारी ग्रांट दिलवा दीजिए। मेरे भोग का प्रबन्ध कर दीजिए। फिर मैं विदेशों से हथियार लाऊँगा, अपराधियों को अपने आश्रम में सुरक्षित ठहराऊँगा, धन का इतना अंबार लगाऊँगा कि संसार के किसी भी हत्यारे को खरीद कर नर-मुंडों के ढेर लगवा सकूँ।'

पता नहीं क्या हो गया है; किन्तु साधु वेश के पीछे अधिकांश राक्षस ही छिपे हैं। रावण ने जब से सीता-हरण के लिए संन्यासी-वेश धारण किया है, संन्यासी वेश रावण के बन्धुओं का फैशन ही हो गया है। सुविधाजनक जो ठहरा। तो उस अपराधी संन्यासी पर कोई कैसे हाथ डाले, जो राज-सखा है, और राजगुरु है। यदि कोई मन्त्री यह दुस्साहस करेगा, तो उसका विभाग छिन जायेगा। कोई अधिकारी प्रत्यन करेगा, तो नौकरी से जायेगा। कोई साधारण जन आवाज़ उठायेगा, तो उसका शव सड़क पर पड़ा पाया जायेगा।...तो फिर विश्वामित्र किसे लायें ? शरभंग किसे पुकारें ? अगस्त्य किसे नियुक्त करें, गोदावारी के तट पर ? कौन करेगा, राक्षसों का सामना ? अपने राम को न जगाऊँ, तो क्या करूँ मैं ?

वनवासियों के प्रथम रक्षक

रामकथा में निषादराज गुह राम के मित्र के रूप में चित्रित हैं। मेरा मन इस मैत्री को लेकर काफी उधेड़बुन में रहा है। यह कोई नहीं बताता कि यह मैत्री कब और क्यों हुई। पर मैत्री ऐसी है कि गुह राम को अपना राज्य भी दे देने के लिए प्रस्तुत हैं। भरत की सेना से वे आशंकित हैं कि कहीं वह राम की क्षति न करे। इसलिए राम के पक्ष में भरत के विरुद्ध लड़कर अपने प्राण दे देने पर उतारू हैं। यह मैत्री साधारण नहीं है। निश्चय ही राम ने कभी गुह का कोई ऐसा हित साधा होगा, जिसके कारण वे दोनों एक-दूसरे को भाइयों के समान प्रिय हैं।

राम का यह हित साधना मेरी समझ में आता है। राम ने जितने बड़े युद्ध किये और जिन राजाओं को पराजित किया, उनका राज्य उन्होंने स्वयं अंगीकार नहीं किया। वानरों का राज्य वानरों को ही दिया गया और राक्षसों का राज्य राक्षसों को ही। राम की यह प्रवृत्ति मुझे एक मार्ग दिखाती है।...आर्य राज्यों के बीच में एक निषाद राज्य कैसे बचा रह गया ? रामकथा में राज्यों की सीमाएँ बहुत स्पष्ट नहीं हैं। राज्यों के बाहर वन भी बहुत हैं, जहाँ कोई राजा नहीं है फिर भी राज्यों को जीतने, अपने अधिकार में करने, प्रजा को नष्ट करने तथा नगरों को उजाड़ने की चर्चा मिल जाती है। मलद और करुष के राज्य इसके प्रमाण हैं। ऐसे राजनीतिक भूगोल में आर्यावर्त्त के बीचोंबीच यदि एक छोटा-सा निषाद-राज्य अपने पूरे आत्मसम्मान और तेज के साथ जी रहा है और निषादराज राम को अपना मित्र मानते हैं तो मेरा मन इसी निष्कर्ष पर पहुँचता है कि उस राज्य का अस्तित्व राम की उसी प्रवृत्ति का आभारी है। निश्चित रूप से राम किसी गाढ़े समय में गुह के काम आये होंगे। उसी आधार के कारण गुह के मन में राम के प्रति इतना स्नेह है।

आदिवासियों के मित्र और रक्षक के रूप में राम के जीवन में एकमात्र यही प्रसंग नहीं आता। अपने वनवास काल में राम जैसे-जैसे आगे बढ़ते जाते हैं, वे उन आदिवासी जातियों के अधिक सम्पर्क में आते जाते हैं।.....सामान्यतः राम आर्य

ऋषियों के रक्षक माने जाते हैं। पर ऋषि जिन लोगों के बीच रह रहे थे–वे तो आदिवासी ही थे। सुग्रीव की बाली से रक्षा करने वाले मतंग ऋषि थे। सारी रामकथा में ऋषियों ने राम से कभी यह नहीं कहा कि ये आदिवासी जातियाँ हमें परेशान करती हैं और न आदिवासियों ने कभी ऋषियों से अपना विरोध दर्शाया। हमारे विद्वान् पुरातत्त्ववेत्ता डॉ. हंसमुख सांकलिया ने रावण को गोंड राजा मान लिया है, जिससे राम आदिवासियों के विरोधी लगते हैं, किन्तु हमारी रामकथा का मूलाधार वाल्मीकीय रामायण, रावण को आर्य देवताओं और आर्य ऋषियों की सन्तान मानती है। रावण से राम का विरोध जातिगत नहीं सिद्धान्तगत था। आर्य ऋषियों की सन्तान रावण आर्य ऋषियों से लड़ रहा था और आर्य ऋषियों का रक्षक राम भीलनी शबरी के जूठे बेर खा रहा था।

अगस्त्य का विन्ध्याचल के पार जाकर कभी वापस न लौटना मुझे बहुत महत्त्वपूर्ण घटना लगती है। अगस्त्य दक्षिण की आदिवासी जातियों के बीच रहकर उनके कल्याण के लिए काम करने वाले पहले आर्य ऋषि हैं। यह तथ्य बहुत ही अर्थगर्भित है कि राम को राक्षसों के आमने-सामने खड़ा कर देने के लिए पंचवटी भेजने वाले ऋषि अगस्त्य ही थे। इसलिए मुझे ऐसा लगता है कि आर्य ऋषि आर्यावर्त्त से दूर दक्षिण में तपस्या करने नहीं (तपस्या के लिए वे हिमालय क्षेत्र में जाते थे) पिछड़ी हुई जातियों के विकास के लिए आये थे। आदिवासियों का यह विश्वास राक्षसों के हित में नहीं था। उनकी जागरूकता, चेतना तथा विकास उन्हें राक्षसों के शोषण से सुरक्षित कर देता। इसलिए राक्षस नहीं चाहते थे कि आदिवासियों को आर्य ऋषियों का बौद्धिक नेतृत्व मिले। अतः वे आर्य ऋषियों को खा रहे थे। रामकथा में आये वानरों, भालुओं, गृद्धों, गरुड़ों को मैंने कभी पशु नहीं माना है। मैंने उन्हें सदा वनों में पेड़ों की शाखाओं पर वृक्षों की ओट में पर्वतों की गुफाओं में अधनंगे, पत्थरों और लकड़ियों से लड़ने वाले आदिवासी ही माना है और वे ही लोग हैं जो राम की ओर से रावण के विरुद्ध लड़ने के लिए चल पड़े थे।

बाली का मित्र रावण भी था; किन्तु रावण बाली का मित्र इसलिए था क्योंकि बाली उससे सबल प्रमाणित हुआ था। पर राम स्वयं से दुर्बल सुग्रीव के मित्र थे। बाली के भय से वानर लोग किष्किन्धा छोड़कर दूर-दूर चले गये थे। सुग्रीव और राम की मैत्री, उन वानरों को वापस किष्किन्धा लौटा लाती है। अपनी जाति के राजा से वे भयभीत थे, किन्तु राम की छाया में वे स्वयं को सुरक्षित अनुभव करते थे। सुग्रीव निर्बल था, भयभीत था, वंचित था–पर राम ने पहले उसका हित साधा और तब अपने स्वार्थ की बात चाही। राम चाहते तो सीधे बाली से मित्रता करते और उसके व्यक्तिगत तथा सत्तागत बल का लाभ उठाते; किन्तु राम की मैत्री कहीं भी स्वार्थगत नहीं है। वह सिद्धान्तगत है। इसलिए राम को क्षमा का अपहरण करने वाले कामुक

किन्तु समर्थ बाली की सहायता स्वीकार्य नहीं है। यह तथ्य ध्यान देने योग्य है कि सुग्रीव के प्रवास-काल में बाली का साला तार सुग्रीव के साथ था और बाली के वध के पश्चात् बाली की पत्नी तारा, उसके पुत्र अंगद, उसके साले तार तथा उसके ससुर सुषेण को राम अपने रक्षक-सरीखे मालूम होते हैं।

शबरी के प्रति राम का व्यवहार शबरी की शारीरिक रक्षा से सम्बन्धित नहीं है, किन्तु उसकी भावना की रक्षा तो राम कर ही रहे थे। देवता ही नहीं विष्णु के अवतार की महत्ता पाने वाले आर्य राजकुमार द्वारा एक वृद्धा भीलनी की भावना को आहत न होने देने के लिए उसके जूठे बेर खाना कम महत्त्वपूर्ण नहीं है। अपनी इसी मनोवृत्ति के कारण ही कदाचित् राम चौदह वर्षों तक आदिवासियों के बीच बिना किसी विघ्न-बाधा के रह सके। गृध्र जटायु पहली ही भेंट में उनकी रक्षा करने का दायित्व अपने कंधों पर ले लेता है। सीता की रक्षा में अपने प्राणों की पहली आहुति जटायु ने ही दी। राम इस बलिदान को भूलते नहीं हैं। वे जटायु की अन्त्येष्टि स्वयं अपने हाथों करके ही आगे बढ़ते हैं।

यहाँ से ही मुझे लगता है कि आदिवासी जातियों के साथ राम का एक-दूसरे की रक्षा में प्राण देने का व्यवहार आरम्भ होता है। यह संकल्प गुह ने भी किया था, किन्तु व्यावहारिक धरातल पर इसे जटायु ने पूरा किया। जटायु के बाद राम को हनुमान, सुग्रीव, अंगद, नल, नील, जाम्बवान, तार, सुषेण इत्यादि मिले। राम सुग्रीव, हनुमान, तार तथा अन्य लोगों के पक्ष से लड़ते हैं और वे राम के पक्ष के सैनिक बन जाते हैं। राक्षसों के इतने विशाल साम्राज्य के विरुद्ध उठकर खड़े होने वाली आदिवासी जातियों के पास शस्त्रबल नहीं था। वे हाथों, पत्थरों तथा वृक्षों की शाखाओं से लड़ रहे थे। जिस बल पर वे लड़ रहे थे, वह बल उनका संगठन, अनुशासन, आत्मविश्वास और नेतृत्व था। पर इनमें से कुछ भी राम के आने से पहले उन्हें नहीं मिला था। राम ने ही उन्हें यह संगठन और आत्मविश्वास दिया था, जिसके कारण वे लोग अपने समय के सबसे अधिक शक्तिशाली साम्राज्य से जा टकराए थे।

इतना बड़ा आन्दोलन खड़ा कर देने वाला राम का नेतृत्व उनको सुरक्षा का आश्वासन नहीं दे रहा होगा—यह कैसे माना जा सकता है। राजनैतिक, आर्थिक तथा सैनिक दृष्टि से समुन्नत राक्षसों से वे पीड़ित नहीं रहे होंगे यह भी मेरा मन नहीं मानता; और बाली के मित्र रावण के वध के पश्चात् उनका स्वशासित राज्य सुरक्षित और निर्भय नहीं हुआ होगा—यह भी मुझे स्वीकार्य नहीं है।

आर्यावर्त्त से दूर सघन वनों में आर्य ऋषियों के आश्रम हैं...अत्रि, शरभंग, सुतीक्ष्ण, अगस्ति, अगस्त्य...। जब वहाँ आर्य जनपद नहीं थे, तो इन आश्रमों के ब्रह्मचारी भी आर्य नहीं रहे होंगे। तो वहाँ कौन शिक्षा पा रहा था ? निश्चित रूप से वहाँ के आश्रमवासी आदिवासी जातियों के लोग ही रहे होंगे और वे आर्य आश्रम

सुरक्षित नहीं थे। राक्षसों का आतंक उन्हें परेशान किये रहता था। क्या यह तथ्य ध्यान देने योग्य नहीं है कि अनेक आश्रमों में पहुँचने पर राम को सूचना मिलती है कि इन्द्र अभी-अभी वहीं था। आर्य ऋषि इन्द्र के वहाँ होते हुए भी सुरक्षित नहीं थे। शरभंग के आत्मदाह के समय इन्द्र वहाँ उपस्थित था और आश्रम के पास राक्षसों द्वारा खाये गये ऋषियों की हड्डियों के ढेर थे। आर्य ऋषि अपने उपास्य देवराज इन्द्र के उपस्थित होते हुए भी राम से अपनी रक्षा के लिए प्रार्थना कर रहे थे। कंब ने अपनी रामायण में एक मुनि से कहलवाया है कि 'इन्द्र भी राक्षसों के कहे अनुसार चलता है।' क्या इसका अर्थ यह नहीं है कि वहाँ के आर्य ऋषियों और आदिवासी जनपदों को सभी प्रकार की देव और राक्षस शक्तियों से भय ही भय था। ऐसे समय में राम उनके रक्षक बनकर वहाँ पहुँचे और उन्होंने रूढ़िबद्ध आतंक को समाप्त किया। सामान्य जन के मन से पीढ़ियों के जमे आतंक को उखाड़ कर उन्हें समर्थ सैनिकों के रूप में बदल देने का काम राम ने न किया होता तो रावण से युद्ध करने के लिए वे इतनी बड़ी जन वाहिनी न बना पाते।

मुझे सम्पाति का चरित्र भी अत्यन्त मनमोहक लगता है। राम सम्पाति तक कभी नहीं पहुँचे। न उन्होंने सम्पाति की रक्षा की। किन्तु, सम्पाति मेरे मन में एक समर्थ प्रतीक के रूप में आते हैं। बूढ़े, मृतप्राय, अक्षम सम्पाति के पास जब राम के दूतों द्वारा राम का सन्देश पहुँचता है तो उसकी जरा छँट जाती है। उस वृद्ध अक्षम जले हुए परों वाले शरीर में नये पंख उग आते हैं। शरीर का कायाकल्प होता है और जरा का स्थान तरुणाई ले लेती है। सम्पाति मेरे लिए एक व्यक्तिपात्र न होकर सारी आदिवासी पिछड़ी हुई, जर्जरित जातियों के प्रतीक हैं। राम, राम के दूत अथवा राम के शब्द उन जातियों तक पहुँचते हैं और उनमें नये प्राणों का संचार हो जाता है। मृत्यु की राह देखने वाली वे जातियाँ सूर्य तक उड़ान भरने वाले प्राणों और उमंगों से आन्दोलित हो उठती हैं। राम ने उनकी रक्षा ही नहीं की, भविष्य में उन्हें अपनी रक्षा स्वयं करने में भी समर्थ बना दिया। इसीलिए मैंने अपनी रामकथा में विभिन्न राक्षसों के मुख से राम के लिए बार-बार कहलवाया है, 'वानरों का मित्र, कंगला राजकुमार।' राक्षसों के मन की घृणा को व्यक्त करने वाले ये शब्द मेरी दृष्टि में राम की सबसे बड़ी प्रशस्ति हैं।

भगवान् की मानवता

सोचता हूँ कि अपने कष्ट के समय विश्वामित्र ने राम को ही क्यों स्मरण किया ? राम के वन-गमन के समय रनिवास की रानियों ने चीत्कार कर क्यों कहा कि राम तुम्हारी अनुपस्थिति में हमारी रक्षा कौन करेगा ? श्रृंगवेरपुर के निषादराज के मित्र राम ही क्यों थे ? अन्य राजा अथवा राम के भाई क्यों नहीं ? शिलावत् जड़ हो गयी अहल्या के चरण राम ने ही क्यों छुए। जिस शरभंग ऋषि के आश्रम के बाहर ऋषि-मुनियों की हड्डियों का ढेर लगा हुआ था और जिस आश्रम में स्वयं देवराज इन्द्र विद्यमान था, उस आश्रम के ऋषि-मुनियों ने राम से ही अपनी रक्षा की प्रार्थना क्यों की ?

सामान्यतः इन प्रश्नों का उत्तर है कि राम परब्रह्म थे; इसे जानकर लोग उनसे प्रार्थना करते थे। भगवान् से तो हर युग में लोग प्रार्थना करते आये हैं; किन्तु पृथ्वी पर मनुष्य का शरीर धारण कर आने वाले प्राणियों में से प्रार्थना उनसे ही की जाती है जिसमें उदात्त-मानवता हो। मानव तो वही है, जिसमें वेदना नहीं, संवेदना हो, जिसे अन्य प्राणियों की पीड़ा छूती हो, विह्वल करती हो, उसके मन में करुणा जगाती हो। ईश्वर के पास अपना कोई दुःख-दर्द नहीं है, इसलिए वह प्राणियों पर दया करता है। मनुष्य के पास अपनी पीड़ा और स्वार्थ होता है; अतः मानव वही है जो अपनी पीड़ा, अपने दुःख, अपने स्वार्थ को भूलकर अन्य प्राणियों की पीड़ा दूर करता है। कई बार मन में यह प्रश्न भी उठता है कि मनुष्य जब पूरी तरह मानव बन जाता है, तो क्या वह भगवान् ही हो जाता है ? शायद इसीलिए हम महान् लोगों के मानवीय गुणों की चर्चा करते हैं। भगवान् को हम करुणा का सागर मानते हैं किन्तु न्याय करने के लिए वह कठोर भी हो जाता है; किन्तु मनुष्य को तो करुणा पुकार सुनकर पिघलना ही है।

एक मान्यता है कि पत्नी के विरह में वन-वन भटकते हुए रुदनशील राम मानव हैं, भगवान् नहीं। रावण की सेना के साथ युद्ध करते हुए बाण खाकर घायल हुए

रक्त बहाते राम मानव हैं। लक्ष्मण के बेहोश हो जाने पर छाती पीटकर रोते हुए, हाहाकार करते हुए राम मानव हैं...क्योंकि उन्होंने इन प्रसंगों में अपनी भगवत् शक्ति को त्याग मानवीय दुर्बलताओं को ग्रहण किया है। इन्हीं दुर्बलताओं को देखकर भगवती पार्वती को यह भ्रम हो गया था कि यह साधारण मनुष्य के समान पत्नी के विरह में रोने वाला व्यक्ति ब्रह्म नहीं हो सकता। एक युग हिन्दी-साहित्य में भी आया था, जब दुर्बलताओं के पुतले को मानव माना गया और महान् चरित्रों के दिव्य गुणों को बौना कर उन्हें मनुष्य बनाने का प्रयत्न किया गया। यहाँ असहायता और दुर्बलता का नाम मानवता है जबकि वास्तविक मानवता निःस्वार्थता, त्याग तथा शक्ति का नाम होना चाहिए।

राम, अहल्या के आश्रम में गये हैं। उन्होंने गौतम और अहल्या के प्रति हुए अत्याचार को समझा है उनकी पीड़ा का अनुभव किया है। उनका हृदय संवेदना से विह्वल हो उठा है और उन्होंने अहल्या के चरण छूकर, उन्हें गौतम से मिलाने का संकल्प किया है। वे जानते हैं कि समाज द्वारा परित्यक्ता और देवराज इन्द्र द्वारा पीड़िता अहल्या का पक्ष लेने का क्या अर्थ है। समाज उनका विरोध करेगा देवराज उनपर प्रहार करेगा। किन्तु उनके भय से वे अहल्या को सूने आश्रम में पत्थर के समान पड़ी तो नहीं रहने देंगे।

वे दंडक-वन में ऋषियों की रक्षा करेंगे, उनका पक्ष लेंगे तो एक ओर से राक्षस उन पर प्रहार करेंगे क्योंकि राम उनके भक्ष्य की रक्षा कर रहे हैं; और दूसरी ओर इन्द्र उनसे रुष्ट होगा कि वे एक बड़ी शक्ति बनकर उनके विरुद्ध खड़े हो रहे हैं। किन्तु इस भय से राम उन ऋषियों को असुरक्षित तो नहीं छोड़ देंगे। गुह का विचार है कि भरत ने राम का राज्य छीन लिया है, राज्य छीन ही नहीं लिया है वह उनके प्राणों के पीछे भी पड़ा है। गुह राम की रक्षा के लिए अपने प्राण दे देना चाहता है। वह अपना राज्य उनको समर्पित कर देना चाहता है। राम अपने मित्र के प्रेम पर मुग्ध हैं; किन्तु जिसे अयोध्या का राज्य लुब्ध नहीं कर पाया उसे शृंगवेरपुर का राज्य क्या रोक सकता था। वे मैत्री का मूल पहचानते हैं। गुह को गले लगाते हैं और आगे बढ़ जाते हैं । मानव वही है, जो किसी की रिक्ति को पूर्ण कर सके, पराये धन का लोभ तो मानवता नहीं है।

पत्नी का हरण हो गया है। जटायु ने बताया है कि रावण सीता का हरण करके ले गया है। रावण का साम्राज्य इतना विराट् है कि यह पता लगाना ही कठिन हो रहा है कि वह सीता को कहाँ ले गया है। राम को मित्रों, सहायकों की तलाश है। जो उनकी सहायता कर सकें, मार्ग खोज सकें, सेना खड़ी कर सकें, रावण तक पहुँचा सकें, रावण से लड़ सकें और राम देखते हैं कि उनके सामने असहाय सुग्रीव खड़ा है जिसकी पत्नी का हरण हो गया है जिसका राज्य छीन लिया गया है। जो अपने प्राणों

के भय से वन-वन, पर्वत-पर्वत भटक रहा है। राम के मन में मानवीय करुणा जागती है। वे अपना दुःख भूल जाते हैं। याचक के स्थान पर दाता बन जाते हैं। मानवीय करुणा और मानवीय स्वाभिमान मिलकर उनसे पहले सुग्रीव का काम करवाते हैं। मानव वह है जो अपना स्वार्थ सिद्ध करे या मानव वह है जो अपना दुःख भूलकर करुणा विगलित होकर किसी दुखी और असहाय व्यक्ति की सहायता करे।

शबरी कब से राम की प्रतीक्षा कर रही है। अपनी भक्ति और अपने प्रेम में शिष्टाचार और मर्यादा भूलकर वह अपने जूठे बेर राम को खिला रही है और राम की मानवता कहती है कि जूठे बेर खा जाओ, किन्तु शबरी के प्रेम की अवहेलना मत करो। उसके दोष की ओर संकेत करने से उसका मन पीड़ित होगा। राम मुस्करा कर प्रसन्न वदन उसके जूठे बेर खा जाते हैं। किसी का मन दुखाना तो मानवता नहीं।

मानव का वास्तविक रूप वही सात्विक और शुद्ध रूप है, जिसमें अहंकार नहीं है, भेदभाव नहीं है। हमारे शास्त्र कहते हैं, मानव का मूल रूप शुद्ध, स्वच्छ और सात्विक आत्मा है, आत्मा जो परमात्मा का अंश है और जिसमें काम, क्रोध, लोभ, मोह, घृणा-द्वेष मद, मात्सर्य, भय, त्रास अहंकार इत्यादि विकार नहीं है। जब मनुष्य वस्तुतः मानव बनता है तो वह इन सारे विकारों का त्याग करता है और शुद्ध आत्मा हो जाता है। स्वामी विवेकानन्द ने शिकागो में हुई धर्म-संसद में अपने भाषण में कहा था, "हिंदुओं की साधना प्रणाली का लक्ष्य है—सतत अध्यवसाय द्वारा पूर्ण बन जाना, दिव्य बन जाना, ईश्वर को प्राप्त करना और उसके दर्शन कर लेना। ईश्वर को प्राप्त करना, उसके दर्शन करना, उस स्वर्गस्थ पिता के समान पूर्ण हो जाना हिन्दुओं का धर्म है।"

इस स्थिति में आकर मानवता और दिव्यता में कोई अन्तर नहीं रह जाता। वे दोनों एक-दूसरे के पर्याय हो जाते हैं। इसीलिए राम की मानवता ही उनकी दिव्यता है और उनकी दिव्यता ही उनकी मानवता है। दोनों में भेद करना अत्यन्त कठिन है।

—

आतंक

रामकथा में सशस्त्र संघर्ष, युद्ध तथा हिंसा की अनेक घटनाएँ चित्रित हैं। राजसी सेनाओं के सशस्त्र युद्ध राज्यों की सीमाओं या राजधानियों में होते हैं। उन युद्धों के सन्दर्भ में जन-सामान्य का त्रास वहाँ कम ही चित्रित है। किन्तु निःशस्त्र तथा अहिंसक ऋषि-मुनियों तथा जन-समुदाय पर शस्त्र-साधनों से सम्पन्न बलवान राक्षसों का आतंक इस बुरी तरह छाया हुआ है कि जन-सामान्य का साहस, प्रतिरोध, नैतिक बल तथा तेज सम्पूर्णतः नष्ट हो चुका है।

सिद्धाश्रम में विश्वामित्र अपनी इच्छा से एक यज्ञ तक नहीं कर सकते। उनका यज्ञ आरम्भ होते ही ताड़का रक्त और मांस का खेल आरम्भ कर देती है और विश्वामित्र स्वयं को सर्वथा असहाय पाते हैं और अन्ततः उन्हें राम की सहायता लेने के लिए अयोध्या जाना पड़ता है। ताड़का ने अपने हिंस्र कृत्यों से मलद और करुष नामक राज्यों को पूर्णतः नष्ट कर दिया है। वहाँ के राज-परिवार समाप्त हो गये हैं और प्रजा पलायन कर गयी है। अब वहाँ मनुष्यों का आवास नहीं है—एक भयानक वन है : ताड़का वन।

चित्रकूट में राक्षसों का इतना व्यापक आतंक है कि भरत की राजसी सेना के लौट जाने के पश्चात् अनेक भीरु ऋषि-मुनि भविष्य में सम्भावित राक्षसी कृत्यों के भय से वह स्थान छोड़ देते हैं। कुछ ऋषि राम को भी चित्रकूट छोड़, किसी सुरक्षित स्थान पर चले जाने का परामर्श देते हैं।

शरभंग के आश्रम के बाहर तो उन ऋषियों की हड्डियों का ढेर ही रखा हुआ है, जिन्हें राक्षस खा गये हैं। यह तथ्य महत्त्वपूर्ण है कि जिस समय राम ऋषि शरभंग के आश्रम में आते हैं, उस समय इन्द्र भी वहीं उपस्थित है; किन्तु मुनियों की रक्षा के लिए इन्द्र उनकी तनिक भी सहायता नहीं कर रहा। वह राक्षस शक्ति के सम्मुख असमर्थ था; उनसे भयभीत था; उनका समर्थक था अथवा उस राक्षसी आतंक के प्रति उदासीन था ? शरभंग आश्रम के मुनि इन्द्र से नहीं राम से रक्षा की याचना

करते हैं। कंब रामायण में जो मुनि राम से रक्षा की याचना करते हैं, वे कहते हैं कि इन्द्र भी राक्षसों के अनकूल हो गया है।

रामकथा में ऋषि शरभंग को अपनी साधना-पूर्ति के पश्चात् योगाग्नि में शरीर त्याग करते हुए दिखाया गया है। किन्तु, तर्क इस व्याख्या को स्वीकार नहीं करता। राक्षसों द्वारा भक्षित ऋषियों की अस्थियों से घिरे शरभंग के आश्रम में साधना-पूर्ति की सम्भावना बहुत कम है। वहाँ तो हताश होकर कोई आत्मदाह ही कर सकता है; और कदाचित् वही, ऋषि शरभंग ने किया।

ऋषि सुतीक्ष्ण का प्रसंग भी कम महत्त्वपूर्ण नहीं है। राम उनके आश्रम में आते हैं और पूछते हैं, 'ऋषिवर ! मैं कहाँ रहूँ ?' सुतीक्ष्ण राम के प्रशंसक ही नहीं, समर्थक भी हैं; किन्तु वे देखते हैं कि राम शस्त्रधारी थे और ये शस्त्र राक्षसों के विरुद्ध प्रयुक्त हुए हैं। भीरु ऋषि सुतीक्ष्ण डर जाते हैं कि राम को अपने आश्रम में ठहराने का अर्थ है, राक्षसों का विरोध मोल लेना। सम्भवतः जब तक राम वहाँ रहेंगे, ऋषि सुरक्षित रहेंगे, किन्तु राम के जाते ही राक्षस ऋषि को आ घेरेंगे ! फिर ?

ऋषि कहते हैं, 'राम ! वैसे तो मेरा अपना आश्रम ही पर्याप्त सुन्दर और सुखद है; किन्तु तुम शस्त्रधारी हो और मेरे आश्रम में कुछ उपद्रवी मृग आते हैं वे अपना उपद्रव नहीं छोड़ेंगे और तुम अपना क्षत्रियत्व। व्यर्थ ही इस सात्विक आश्रम में रक्तपात होगा।'

राम ऋषि के भयभीत मन का आशय समझ जाते हैं। वे जानते हैं कि उपद्रवी मृग कौन हैं और उपद्रव क्या है। वे ऋषि को संकट में नहीं डालना चाहते। वे मुस्करा कर उत्तर देते हैं, 'हम यहाँ नहीं ठहरेंगे ऋषिवर !' किन्तु तेरह वर्षों तक दंडक वन में घूम-घूमकर राम राक्षसों का नाश करते हैं और उसके पश्चात् जब लौटकर पुनः ऋषि के आश्रम में आते हैं, तो सुतीक्ष्ण उन्हें सहर्ष अपने आश्रम में स्थान देते हैं। अब उपद्रवी मृगों का आतंक समाप्त हो चुका था।

अगस्त्य ऋषि के सन्दर्भ में कालिकेय दैत्यों का प्रसंग आता है जो देवभूमि पर आक्रमण कर, हत्याकांड मचाते हैं और फिर लौटकर सागर के गर्भ में छिप जाया करते हैं। उन दैत्यों के विषय में न कोई जानता है और न कोई उनके निकट पहुँच सकता है। किन्तु अगस्त्य समर्थ ऋषि हैं। उनका आचरण शरभंग या सुतीक्ष्ण के समान नहीं है। वे कालिकेय दैत्यों के सम्मुख न असहाय हैं और न उनसे भयभीत हैं। वे सागर को पी जाते हैं और देवगण, दैत्यों से अपना प्रतिशोध लेते हैं।

जनस्थान में शूर्पणखा अपने सेनापतियों—खर, दूषण और त्रिशिरा के साथ वर्तमान है; किन्तु रामकथा उसके आतंक और त्रास का चित्रण नहीं करती—उसके भोग का चित्रण करती है। किन्तु यह शूर्पणखा के सन्दर्भ से स्पष्ट है कि अपने भोग के मार्ग में आने वाले लोगों को वह अपने बल से आतंकित करती है। राम और

लक्ष्मण के सम्मुख काम-याचना में असफल हो, उसका क्रोध सीता पर केन्द्रित होता है क्योंकि वह समझती है कि इस स्त्री के कारण राम और लक्ष्मण उसका तिरस्कार कर रहे हैं। अतः वह सीता पर घातक प्रहार करती है।

रावण का आतंक एक व्यक्ति के रूप में भी है और राजनीतिक शक्ति के रूप में भी। वह स्वेच्छाचारी, अनाचारी और क्रूर शासक है। उसने विभिन्न प्रदेशों में अपने अनुयायी छोड़ रखे हैं। सारी पृथ्वी उससे आतंकित है। देवभूमि तक उससे त्रस्त है। वह सैनिक आक्रमण कर लोगों का धन और सम्पत्ति छीन लेता है। हत्याएँ, बलात्कार और अपहरण करता है। उसका अपना भाई विभीषण भी उसके अनाचार का विरोध करता है तो वह पाद-प्रहार कर, उसे लंका से बाहर निकाल देता है।

सम्पूर्ण रामकथा राक्षसों के व्यक्तिगत और संगठित आतंक का चित्रण करती है। बुद्धिजीवी ऋषियों-मुनियों से उनकी विशेष शत्रुता है। कदाचित् शत्रुता का आधार राक्षसों और ऋषियों की नीति का परस्पर विरोधी होना है। ऋषि अविकसित समाज का बौद्धिक नेतृत्व करता है, ताकि उसका विकास हो सके; और राक्षस समाज को आतंकित करता है, ताकि उसका शोषण कर सके। उसके आतंक के कारण अपराध वृत्ति विकासमान है। 'विराध' और 'कंबंध' जैसे गन्धर्व और यक्ष भी राक्षस हो गये हैं और जन-सामान्य का रक्तपान कर रहे हैं। उनका आतंक इस सीमा तक बढ़ गया है कि जन सामान्य तथा शासक लोग आत्मविश्वास और आत्मनिष्ठा से वंचित हो, सर्वथा असहाय हो चुके हैं और यही राक्षसों की विजय है। राम उस पराजित जन-मानस में पुनः आत्मनिष्ठा और आत्मविश्वास का विकास करते हैं और भय दूर करते हैं। राक्षसों की मूल शक्ति है भय और उसका उपचार है निर्भयता। भय मनुष्य की हीन-वृत्ति है, जो राक्षसों की सहायक है और निर्भयता मानव-जन की उदात्त और सात्विक शक्ति है, जो राक्षसत्व का नाश करती है।

सृजन और तुलसीदास

मैं अपने एक छात्र के विवाह में गया था। बारातियों का तो वैसे भी बहुत आदर-सत्कार होता है और फिर मैं तो दूल्हे का अध्यापक ठहरा। उस पर तुर्रा यह कि कन्या के चाचा साहित्य प्रेमी निकले। मैं जब अपने गौरव में भी अकेला खड़ा था तो कन्या के चाचा आये और मेरा सम्मान बढ़ाते हुए बोले, "हमारे घर में बहुत दिनों से आपकी चर्चा थी। मैं कब से आपसे भेंट करने की आतुर प्रतीक्षा में था। आज जब यह सुना कि आप बारात के साथ आये हैं तो मैं तो सफल काम ही हो गया।"

मैं उनसे क्या कहता। प्रशंसा सुनकर न तो उसका तिरस्कार करने का मन होता है और न ही विश्वासपूर्वक उसे अंगीकार करने का साहस। ऐसे में अवाक् खड़े रह जाना ही एकमात्र उपयुक्त विकल्प दिखाई देता है। वे मुझे एक ओर ले गये। एकान्त में एक कुर्सी पर बैठाया। स्वयं भी मेरे निकट बैठ गये और साहित्य सम्बन्धी अनेक प्रकार की चर्चाएँ आरम्भ हो गयीं। मुझे भी अच्छा लगा। बारात की औपचारिकताओं और कोलाहल से तो यह स्थिति कहीं अधिक सुखकर थी।

सहसा उन्होंने मेरी ओर देखा और पूछा, "तो आजकल आप क्या लिख रहे हैं?"

मैं उन दिनों अभी रामकथा लिख ही रहा था। अब ठीक-ठीक याद नहीं है कि केवल 'दीक्षा' का ही प्रकाशन हुआ था या अवसर भी आ चुका था। मुझे अच्छा लगा कि कोई मुझसे मेरे रचना कर्म की चर्चा कर रहा है। मैंने बड़े उत्साह से उन्हें अपनी राम कथा के विषय में बताया। चाहता था कि वे चमत्कृत हो जायें और कहें, "रामकथा और वह भी उपन्यास के शिल्प में। नरेन्द्र जी आपने तो चमत्कार ही कर दिया।" किन्तु ऐसा कुछ नहीं हुआ। वे चमत्कृत तो नहीं ही हुए, अपने व्यवहार और वक्तव्य से मुझे हतप्रभ कर गये। वे उठकर खड़े हो गये। उनकी मुद्रा विरोधपूर्ण हो गयी। अत्यन्त स्पष्ट रूप से अपना विरोध जताते हुए बोले, "वाल्मीकि और तुलसी की रामकथाओं के होते हुए भी आपकी रामकथा की आवश्यकता किसको है ?"

मैं समझ रहा था कि यह प्रश्न नहीं था। यह मात्र विरोध भी नहीं था यह तो स्पष्ट धिक्कार था। मैं कल्पना भी नहीं कर सकता था कि बारात में आये दूल्हे के अध्यापक का किसी भी कारण से इस प्रकार तिरस्कार हो सकता था।

मैंने किसी प्रकार स्वयं को सम्भाला और कहा, "वाल्मीकि की रामायण होते हुए भी, तुलसीदास ने रामचरितमानस लिखा था और आज हम उन दोनों ही ग्रंथों को धर्मग्रन्थ का सम्मान देते हैं।"

मेरे तर्क का उन पर और भी प्रतिकूल प्रभाव पड़ा। वे तड़पकर बोले, "आप अपने आपको तुलसीदास समझते हैं क्या ?"

मैं कोई ऐसा उपयुक्त उत्तर सोच ही रहा था, जिसके माध्यम से अहंकार से बचते हुए भी लेखक की आत्मनिष्ठा की स्थापना की जा सके, कि वे पुनः अपने रौद्र रूप में लौट आये और बोले, "मैं कुछ भी सुनना नहीं चाहता। आपको रामकथा लिखने की कोई आवश्यकता नहीं है। उचित हो कि आप अपनी कलम को यहीं रोक लें और पिछला लिखा हुआ नष्ट कर दें।"

वे अपना आदेश सुनाकर चले गये।

मैं स्तब्ध-सा कुर्सी पर बैठा रहा। स्वयं को अपमानित और आहत अनुभव करता रहा; किन्तु इस विषय में किसी से चर्चा नहीं कर सकता था। जानता था, यदि अपना रोष प्रकट करता तो अपनी स्थिति के प्रभाव से किन्हीं अर्थों में अपने अपमान का प्रतिशोध ले सकता था; किन्तु मेरा मन प्रतिशोध की बात नहीं सोच रहा था। मेरी कल्पना तो किसी अन्य दिशा में चल पड़ी थी। मेरे सम्मुख स्वयं गोस्वामी तुलसीदास विद्यमान थे। मैं कुछ-कुछ अनुभव कर सकता था कि जब उन्होंने रामचरितमानस की रचना आरम्भ की थी तो उनका किस-किस प्रकार से विरोध हुआ होगा। उन्हें धमकाया गया होगा, डराया गया होगा। उनकी पांडुलिपि को चुराने का प्रयत्न किया गया होगा। रामचरितमानस की प्रति को गंगा में बहाकर नष्ट करने का प्रयत्न किया गया होगा। इतना ही नहीं उस कृति की मान्यता को लेकर उन्हें कैसे अपनी परीक्षा देनी पड़ी होगी। मुझे तो आज एकान्त में एक अकेले व्यक्ति ने डाँटा है; किन्तु रचना और रचनाकार को नष्ट करने का सक्रिय प्रयत्न भी तो होता ही है—व्यक्ति की ओर से, संगठन की ओर से, परम्परा की ओर से...

सोचता हूँ कि तुलसीदास के विरोधी कौन लोग थे ? कुछ ऐसे लोग भी होंगे जिन्हें तुलसी के लेखन से किसी प्रकार की कोई क्षति पहुँचती हो; किन्तु वे लोग भी अवश्य रहे होंगे, जिन्हें तुलसीदास के लेखन से किसी प्रकार की क्षति की कोई सम्भावना नहीं थी। उन्हें अपनी परम्परा से प्रेम था। कहा तो उन्होंने यही होगा, माना भी यही होगा, किन्तु वे परम्परा के स्वरूप को पहचानते नहीं होंगे। उन्होंने कभी यह नहीं सोचा होगा कि परम्परा आगे भी बढ़ती है। उन्होंने मान लिया होगा

कि परम्परा कभी आरम्भ होकर, विभिन्न युगों में से होती हुई, उन तक पहुँची तो है; किन्तु उन तक पहुँचकर वह वहीं रुक गयी है। उनके लिए वाल्मीकि बहुत महान् थे। ऋषि थे, तपस्वी थे। वे यह कैसे मान सकते थे कि उनके अपने युग में पैदा होने वाला तुलसी भी भक्त ऋषि किन्तु वे अपने निकट तथा परिचित युग और समाज को वह महत्त्व देने को प्रस्तुत नहीं थे, जो वे सुदूर अपरिचित को दे सकते थे।

अपने आसपास बहुत लोगों को देखा है मैंने, जो अपने निकट के हर व्यक्ति, हर कर्म और हर घटना को साधारण मानते हैं। जो कुछ भी उनसे दूर है, चाहे देश की दृष्टि से, चाहे काल की दृष्टि से, उसकी महत्ता वे तत्काल स्वीकार कर लेते हैं।

मेरे एक पड़ोसी ने अपने कार्यालय के पुस्तकालय में एक पुस्तक पर मेरा चित्र छपा देखा था। उन्होंने चकित होकर पुस्तकालयाध्यक्ष से पूछा था, "इस व्यक्ति का चित्र इस पुस्तक पर क्यों छपा है ?" पुस्तकालयाध्यक्ष ने सहज भाव से कहा था, "क्योंकि यह पुस्तक इन्होंने लिखी है।" मेरे पड़ोसी ने और भी चकित होकर कहा था, "यह व्यक्ति यह पुस्तक कैसे लिख सकता है, यह तो मेरे घर के सामने रहता है।"

एक वृद्ध लालाजी उसी ग्वाले से दूध लेते थे, जिससे मैं दूध लिया करता था। उन्होंने दूरदर्शन के किसी कार्यक्रम में मुझे देखा था। प्रातः मुझसे मिले, तो बोले, "कोहली साहब ! कल रात टी. वी. पर आप जैसा एक आदमी आया था।" निकट खड़े एक अन्य सज्जन ने कहा, "लालाजी ! टी. वी. पर कोहली साहब ही थे।" लालाजी हँसकर बोले, "हमको बुद्धू मंत बनाओ। ये तो रोज हमारे साथ दूध लेने आते हैं। इनका भगवान् की उन पुस्तकों से क्या सम्बन्ध ?"

ऐसी अनेक घटनाएँ होती हैं, जहाँ लोग जब तक दूर होते हैं, तब तक वे आपका महत्त्व स्वीकार करते हैं। निकट आते ही वे आपकी महत्ता को नकारने लगते हैं; और आपको किसी महत्त्व के काम से जोड़कर नहीं देख सकते। किन्तु तुलसी के विरोधी केवल वे ही लोग नहीं थे, जो अबोध भाव से अपने भूतकाल को महान् और वर्तमान को अति साधारण मानते थे। उनके विरोधी वे लोग भी थे, जिनकी रोजी-रोटी और जीवन का भोग विलास भी संस्कृत के किंचित् परिचय, तथा वाल्मीकीय रामायण के पाठ से चलता था और उसके साथ चलती थी धर्म के नाम की ठेकेदारी। यदि संस्कृत का स्थान हिन्दी ले लेती, वाल्मीकीय रामायण का स्थान रामचरितमानस ले लेता, तो उन कथावाचकों, महन्तों और मठाधीशों की आजीविका ही संकट में पड़ जाती। वे लोग स्वंयं लिख नहीं रहे थे, इसलिए चाहते थे कि और कोई भी न लिखे। यदि कोई लिखता था तो वे उसके लेखन को निकृष्ट तथा समाज के लिए हानिकारक सिद्ध करना चाहते थे।

मुझे उन लोगों के विषय में सोचकर तनिक भी आश्चर्य नहीं होता। मैंने अपने

जीवन में ऐसे अनेक लेखक देखे हैं जिनकी कलम कुछ दिन चलकर रुक जाती है। वस्तुतः कलम नहीं रुकती, उनका मस्तिष्क ही जड़ और निष्क्रिय हो जाता है। वे लिख नहीं सकते, इसलिए उन्हें किसी और का लिखना भी नहीं भाता। वे अपने मन में क्या मानते और क्या समझते हैं इसके विषय में मैं कुछ नहीं कह सकता; किन्तु शब्दों में वे यही कहते हैं कि उनके युग में अब साहित्य की रचना नहीं हो सकती। वे यह भी कहते हैं कि जो कूड़ा उन्होंने रचा है, वही साहित्य है, इसलिए जो साहित्यकार उनसे कुछ भिन्न रचता है, वह साहित्यकार नहीं है। उन लोगों के इस विरोध की तह में बैठा भय मुझे स्पष्ट दिखाई देता है। वे भयभीत हैं कि यदि कसौटी मात्र लेखन की होगी, तो वे लिख तो कुछ पायेंगे नहीं; और जो कुछ उन्होंने लिखा भी है, उसमें न उदात्तता है न उत्कृष्टता। कभी-कभी तो मैं स्वयं चकित रह जाता हूँ कि एक भी सर्जनात्मक पुस्तक की रचना किये बिना कोई व्यक्ति महान् साहित्यकार के रूप में सारे साहित्यकारों का भाग्यनियंता कैसे बन जाता है। बड़े-बड़े पुरस्कार लेने वाले, अकादमियों, समितियों और डेलिगेशनों का नेतृत्व करने वालों के विषय में जब खोज की जाती है, तो पता चलता है कि उनका प्रकाशित साहित्य या तो है ही नहीं या कसम तोड़ने भर को है। बड़ी-बड़ी वृत्तियाँ, उपाधियाँ, पदवियाँ और फेलोशिप उन लोगों को दी जाती हैं, जिन्होंने न उसके पहले कुछ लिखा है और न उसके बाद कुछ लिखने की सम्भावना है। किन्तु वे साहित्यकार हैं, विद्वान् हैं, लेखक हैं और राजसभाओं में सम्मानित हैं। तुलसी बाबा ऐसे सब लोगों के लिए चुनौती थे। उन स्वनामधन्य पंडितों को तुलसीदास से भय लगा तो ठीक ही लगा। आज उन पंडितों का नाम तक कोई नहीं जानता जिन्होंने रामचरितमानस की रचना में रोड़े अटकाए थे; और उसके लिखे जाने के पश्चात् उसे नष्ट करने का पूरा-पूरा प्रयत्न किया था।

गोस्वामी तुलसीदास सृजन की आत्मा थे। उनके सामने कोई नाम इतना बड़ा नहीं था, जिसके आतंक के कारण उनका सृजन रुक जाता। वस्तुतः कोई निष्ठावान लेखक अपने अग्रज साहित्यकारों का न तो विरोधी होता है और न उनके आतंक के कारण अपना लिखना स्थगित करता है। वह तो अपने पूर्वजों से प्रेरित होता है, उनके चरणों पर अपना मस्तक रखता है; किन्तु अपनी लेखनी की सक्रियता को मन्द नहीं करना चाहता। लिखना अपने अग्रजों और पूर्वजों का विरोध नहीं है। वह उनकी परम्परा को आगे बढ़ाना है। उनके संस्कारों का प्रसार-प्रचार करना है। उनके साथ अपना तादात्म्य स्थापित करना है। किन्तु इस तथ्य को तो वे लोग ही समझ सकते हैं, जो रचनाधर्मी हैं। बाँझ स्त्री कैसे समझेगी कि नूतन प्रसव से वंश आगे बढ़ता है।

□□